ya
文庫

世界で一番危険なごちそう

水月青

イースト・プレス

contents

一章

「レイリア、分かっているわよね？」

九歳になったばかりのレイリアに、一番上の姉が言った。

「うん。分かってる」

レイリアは大きく頷《うなず》く。

返事をしないと怒られるのでそう言ったが、本当は上の空だった。

なぜなら、目の前に豪華《ごうか》なごちそうがずらりと並んでいるからだ。

チキンのロースト、子羊《こひつじ》のカツレツ、ブーダン、鯛《たい》のスープ、砂糖菓子、ゴーフレット
……等々、我が家では滅多に見ることのできない贅沢《ぜいたく》な料理に意識を集中させているため、
姉の言葉は右耳から左耳へと抜けていく。

本日は、シルヴェストリ伯爵家のパーティーに家族で招《まね》かれていた。シルヴェストリ伯

爵と父は友好関係にあるので、こうしてパーティーに呼ばれることも多い。

商人である父はすでに他の招待客たちに挨拶《あいさつ》に行ってしまったが、男性の品定《しなさだ》めの途中である八人の姉たちは、まだレイリアの近くから離れてくれない。

——早く食べたい……。

口からよだれを垂《た》らさんばかりにフォークを強く握り締めているレイリアに、二番目の姉がいつもの言葉を口にする。

「レイリア、お姉ちゃんたちの言うことは？」

「絶対！」

毎日のように言わされているので、反射的にレイリアは答えた。

すると二番目の姉は満足そうに微笑む。その隣で、三番目の姉が怖い顔でレイリアの顔を覗き込んできた。

「レイリア、ちゃんと話を聞いている？　食べ物ばかり見ていないで、お姉ちゃんたちの言うことをしっかりと聞きなさい」

窘《たしな》める三番目の姉に続き、四番目の姉と五番目の姉が言い聞かせるような口調で言った。

「美しくて聡明《そうめい》な私たちとは違って、容姿を武器にできないレイリアのことを考えて言っているのよ」

「たとえ一人だけ器量《きりょう》良しじゃなくても、食べることしか興味がない子だったとしても、私たちはレイリアが可愛《かわい》いの。だからお姉ちゃんたちの顔を見てちゃんと聞いて？」

頬を両手で挟まれて姉たちのほうに顔を向かされる。レイリアは、自分を注視している眩《まばゆ》い容姿の姉たちを、目を細めて見返した。

レイリアは、自分が姉たちと違って器量良しでないことはきちんと理解している。けれどそれがどうしたというのか。顔のよしあしのことを言われても、幼いレイリアにはぴんとこなかった。

そんなことより今は、目の前のごちそうである。早く食べたくてそわそわするが、姉たちの言うことを聞かなくてはありつけないと悟り、よだれを飲み込んできゅっと唇を引き結ぶ。

やっと料理から目を離したレイリアに安堵した様子の六番目の姉が、「いい？」と真剣な表情になった。

「確認のためにもう一度言うわよ。あなたにとってウィルフレッドは特別な男の子なの。だから、彼が触れてきたらおとなしく受け入れるのよ。分かった？　それがあなたのためなの」

「うん。分かった」

ウィルフレッドというのは、シルヴェストリ伯爵家の嫡男《ちゃくなん》である。レイリアと彼はよく一緒に遊ぶ仲だ。レイリアの周りにいる男と言えば、父と兄のキーファとウィルフレッドくらいなので、特別といえば特別な存在だった。

姉たちの教育のおかげで、素直で聞き分けの良い子に育ったレイリアは、意味を深く考えずに頷いた。

「ウィルフレッド以外の男は駄目よ。ウィルフレッドだけだからね」

「うん。分かった」

七番目の姉の念押しにもあっさりと頷くレイリアに、姉たちの表情が僅《わず》かに陰《かげ》る。

「本当に分かってるのかしら、この子」

八番目の姉が不安を口にすると、一番目から七番目の姉が次々に話し出した。

「大丈夫よ。深く考えないところがレイリアの良いところじゃないの。でも、どうしてこんなに食い意地がはっちゃったのかしら？」

「成長期だから仕方ないわよ。色恋よりも食い気《け》の子どもなんだから、まだ意味は知らなくていいじゃない。レイリアが将来苦労しないように玉の輿《こし》に乗せてあげるのが私たちの役目でしょう。そのために必要な洗脳なのよ」

「ウィルフレッドは優良物件よ。顔は良いし、今のうちに調教すれば良い下僕《げぼく》になりそうだもの。本当なら私が手をつけたいくらいだわ。そういえば、東の果てにある国では求婚石というものがあるんですって。それを持っていると意中の人と結婚できるらしいの。それで求婚しちゃおうかしら」

「あなたじゃ年が離れ過ぎているでしょう。それに、ウィルフレッドはレイリアとキーファの二人にしか懐《なつ》かないんだから仕方ないわよ」

「そうよね。なぜか私たち、彼に怖《こわ》がられちゃってるのよね。ほら、見てあの子。会場の端《はし》っこからこっちを窺っているだけで、ちっとも近寄って来ないわ」

「私たちのことが怖くても、レイリアと遊びたくてこっちに来るかどうか迷ってるのね。可愛いわ」

「そういえばこの間、この屋敷に伺《うかが》った時、ウィルフレッドが何か訊きたそうにしていたから、『レイリアなら来ないわよ』って言ったらすごく驚いていたわ。『私たちはあなたの気持ちなんてお見通しなのよ』って言ったら真っ青になっていたの」

まあ、可愛い！　と言って楽しそうに笑う姉たちは、周りから見れば上品に笑う華やかな女性たちだが、話の内容はひどい。

しかし彼女たちが抜け目ないのは、周囲の人間には聞こえないように会話をしていることだ。

家族以外には猫を何重にも被っている姉たちは、一介の商人の娘であるにもかかわらず、そこらの貴族令嬢より美しく淑女《しゅくじょ》らしいと評判なのである。

そのため、招待客の男性たちも遠巻きに姉たちを見ていた。美女が八人も固まっているところにはさすがに近づきがたいらしい。

「お前、行けよ」

「いやいや、お前が行けよ」

という声があちこちから聞こえてくる。

あはは……うふふ……と笑い合っている姉たちはそれが分かっていながらも、男性たちに秋波《しゅうは》を送るだけで、ここから動こうとしない。

――今のうちに！

姉たちの意識が自分から逸《そ》れた隙《すき》に、レイリアは目の前にある野菜の肉巻きにぐさりとフォークを刺し、口の中に押し込んだ。

「こら、レイリア！　はしたないわ。レディはそんなにたくさん口に詰めては駄目。少しずつ食べなさい」

リスのように頰を大きく膨《ふく》らませているレイリアに気がついた一番目の姉が、めっ！と怖い顔をした。

「食べ物は小さくして口に入れるのよ。……って言っているそばから、パンを丸々口に入れないの！」

二番目の姉が目尻を吊り上げた。

「スープを一気飲みするのはやめなさい」

「食べる量も少なくしなさい。大食いなんて恥ずかしいわ。将来ぶくぶくに太ってしまうわよ」

三番目と四番目の姉が頬を引きつらせる。

五番目の姉は、ふうっと小さく溜め息を吐いてから、素早くレイリアからフォークを取り上げた。そして、フォークを取り返そうと懸命《けんめい》に手を伸ばすレイリアに、びしっと人差し指を立ててみせる。

「お姉ちゃんたちはそろそろみんなお嫁に行くことになるわ。今みたいにあなたに構ってあげられなくなるのよ。だから今日が勝負なの」

そう前置きした彼女は、にっこりと微笑んだ。

「レイリアに良いことを教えてあげる。今からお姉ちゃんたちが言うことをおとなしく聞いていれば、世界一素敵なものがもらえるわよ」

世界一、という言葉に、レイリアは動きを止める。

「世界一？　おいしいもの？」

「……そうね。きっとおいしいものよ。ほら、あそこに行ってみなさい」

レイリアの問いに、六番目の姉が頷いて会場の隅《すみ》を指さした。

「あっち？」

言われた場所にはほとんど人がいない。しかしその分、料理がまだ手つかずで並んでいた。

「そうよ。ウィルフレッドのいるところに」

行きなさい。と七番目の姉が言うので、その言葉で初めて、ウィルフレッドが隅にあるテーブルの近くに所在《しょざい》なげに立っていることに気がついた。

「ウィルがいるところに世界一おいしいごちそうがあるの？」

期待を込めて姉たちを見れば、八番目の姉がにっこりと微笑んだ。

「ええ。お姉ちゃんたちの言うことを素直に聞いた子だけがもらえるのよ」

「ごちそう〜！」

最後まで聞かずに、レイリアはウィルフレッドに向かって一目散《いちもくさん》に駆け出した。

レイリアは自分のことを、姉の言うことをよく聞く素直で良い子だと思っている。だから、世界一のごちそうはレイリアのものになるはずだ。

いきなり突進してきたレイリアに驚いた様子のウィルフレッドは、目を丸くして立ち尽くしていた。

レイリアよりふたつ年上のはずの伯爵家の嫡男は、レイリアとあまり変わらない身長と体格をしていた。そのため年の差どころか男女の差も感じず、仲の良い双子のような印象をもっている。とはいっても、彼は整った顔立ちをしているため、初めて会った時は王子様のようだと思った。それがレイリアの淡い初恋だったのは姉たちに知られている。

「ウィル！　世界一のごちそうはどこ？」

テーブルから新しいフォークを取り、満面の笑みでウィルフレッドに問いかけた。

「え？」

戸惑ったように眉を寄せるウィルフレッドを押しのけ、レイリアはテーブルの上を舐《な》め回すように見た。しかし、姉たちがいたテーブルと料理の違いはない。

「お姉ちゃんたちが、ここに世界一素敵なごちそうがあるって言ってたの。どこにあるの？」

テーブルから目を離してウィルフレッドに詰め寄るが、彼は怪訝そうに首を傾《かし》げた。

「そんなの……」

言いかけて、ウィルフレッドはふと姉たちのほうを見た。レイリアもつられてそちらを見ると、彼女たちは指を立てたりウィンクをしたりして、ウィルフレッドに何かを伝えようとしているようだった。

何を伝えたいのかさっぱり分からないレイリアと違い、ウィルフレッドは彼女たちの言いたいことが分かったらしい。ごくり……と喉を鳴らした彼は、ゆっくりとレイリアに視線を戻し、緊張した様子で自分の鳩尾《みぞおち》あたりに手を当てた。

「ここにある」

「ここ……？」

ここ、というのはどこからどう見てもウィルフレッドの腹部だ。

ということは、ごちそうはウィルフレッドのお腹の中にあるということだろうか。

——ごちそうが……すでにお腹の中……。

そう思った途端、レイリアの目から、どばっと大量の涙が溢れ出した。

「ウィルが……ウィルが私のごちそう食べちゃった〜！」

うわ〜んとレイリアが声を上げて泣き出すと、ウィルフレッドはひどく戸惑った表情になった。

否定しないのは本当に食べてしまったからだと思ったレイリアは、次に怒りが込み上げてくる。

レイリアにとって食は何よりも尊いものなのだ。毎日お腹いっぱい食べることが幸せであり、おいしいものだとなおさら良い。

そんなレイリアの楽しみを奪うとは……。

ウィルフレッドには、食べ物の恨みが何よりも恐ろしいということを身をもって知ってもらわなければならない。

レイリアは怒りのままぎゅっと拳を握った。そしてそれを振り上げる。

「ウィルの馬鹿《ばか》！　私のごちそう返して！」

叫び、渾身《こんしん》の力を込めて振り下ろそうとしたところで、ぴたりと動きを止めた。

不自然な姿勢のまま硬直したのは、目が異様なまでにキラキラと輝き、頬が赤く染まり、恍惚《こうこつ》の表情をしているウィルフレッドを見てしまったからだった。

レイリアがこんなにも憤慨《ふんがい》しているというのに。号泣《ごうきゅう》しているというのに。殴られるかもしれない状況で、ウィルフレッドは潤《うる》んだ瞳でレイリアを見つめている。

彼がなぜそんな顔をしているのか理解できなくて一瞬躊躇《ちゅうちょ》してしまったが、すぐに、今はそんなことよりも世界一のごちそうのことだと思い直す。

ウィルフレッドの反応に戸惑って少しだけ冷静になったレイリアは、さすがに殴るのはやり過ぎかと拳をおろし、ウィルフレッドの胸ぐらをがっと掴んだ。

「ごちそう返して！　私のなのに！　おいしかった？　どんな料理だった？　どんな味だった？　せめて味くらい教えてよ！」

がくがくと揺さぶると、しばらくの間おとなしく揺さぶられていたウィルフレッドが、やめろ、という意思表示なのかと思って彼の言葉を待ったレイリアは、次の瞬間、唇に不意に両肩を掴んできた。

柔らかな感触がして飛び上がった。

ウィルフレッドの顔が、至近距離にある。

咄嗟《とっさ》にまた拳を振り上げそうになったが、「ウィルフレッドに何をされても受け入れるのよ」という姉の先ほどの言葉が頭を過《よぎ》り、ぐっと我慢をする。

唇が解放されると同時に、レイリアは彼の胸ぐらを掴んでいた手をぱっと放した。

唇を押しつけられたことはとても驚いた。けれどそれ以上に、ウィルフレッドの表情に目を瞠《みは》る。

彼の表情は、恋する少年……というのを通り越して、変態成人男性が可愛い幼女を見てはあはあと興奮しているようなのである。

レイリアの涙が一瞬にして引っ込んだ。

滝のように流れていたそれが止まった途端、ウィルフレッドが残念そうな顔になる。

この時、幼いながらもレイリアは悟った。

この男はやばい、と。

ごちそうのことは心残りではあるが、今すぐにここを離れたほうがいいという防衛本能が働き、レイリアは後ずさりをした。

そのまま踵《きびす》を返して姉たちのもとへ戻ろうとしたその時。

「リア、あ～ん」

ウィルフレッドがにっこりと微笑んでレイリアに何かを差し出した。

あ～んという言葉を聞けば、レイリアの口は自動的に開く。彼はいつもそう言って、甘くておいしい飴《あめ》を口に放り込んでくれるからだ。

だからレイリアは、逃げることも忘れて口をぱかっと開いて待った。

丸い玉がころりと口の中に押し込まれる。それをころころと舌で転がした次の瞬間、耳の下から顎《あご》にかけてぎゅーっと引きつれた。

「すっぱい！」

酸味と引きつれる痛みで涙目になったレイリアだったが、それでも飴は吐き出さない。もったいないからだ。

いつもの甘い飴でないことに文句を言おうとウィルフレッドを睨《にら》むと、彼はひどく嬉しそうに笑っていたのだった。

二章

鏡に映るのは、ドレスを着た少女。

白地を基調としたドレスには青の刺繍《ししゅう》が入っていて、爽《さわ》やかな気品がある。

お気に入りのドレスではあるが、着ている人間に華がなければこうなってしまうのか……。

一言で言ってしまえば、地味《じみ》なのだ。

レイリア・ジョアンビルは、そんな自分の姿を眺めて溜め息をついた。

「レイリア様、パーティーはとっくに始まっておりますよ」

鏡に、恰幅《かっぷく》の良い年配の女性が映り込む。使用人のアンだ。

「あ、そうだったわね。急がないと」

父は一時間以上も前に出発した。ある理由で父と一緒に行かなかったレイリアだったが、あまり遅れずにパーティー会場に到着して、主催者に挨拶をするように言われていたのだ。

レイリアは慌てて自室を出た。急いでいる時はいつも走るのだが、足にまとわりつくスカートと履き慣れないハイヒールのせいで早歩きしかできない。

「お姉ちゃんたちは、よくこんなものを履いて動けるわね」

走れない靴なんて靴じゃないと思っていたレイリアだが、ドレスの時は絶対にハイヒールだと姉たちに厳命されていたので渋々《しぶしぶ》履いていた。

それに、アンに手伝ってもらいながら着込んだドレスは丈が長く、ハイヒールでなければ不格好になる。本当ならすぐにでも放り出したいけれど、そういった理由で脱ぐことができなかった。

「要は、慣れよね」

運動神経には自信がある。姉妹の中で一番運動神経が良いのはレイリアだ。だから、姉たちにできることが自分にできないはずはないと思った。

レイリアは一歩一歩しっかりと床を踏《ふ》みしめ、徐々に早歩きの速度を上げていく。リズムにのっているとうまく歩くことができたので、このまま走り出せそうな気がした。試しに、いつものように廊下を走ってみる。

――いけそうだわ。

確信を持ったレイリアは、ドレスの裾をがばっと持ち上げて軽快に走った。この廊下の角を曲がれば玄関だ。

「あ……！」

調子に乗ったせいで、スピードが出過ぎたらしい。ハイヒールでの方向転換に不慣れなレイリアは、つるりと廊下を滑《すべ》った。そのままがんっと壁にぶち当たる。直後、がたがたっと大きな音を立てて、そこに飾ってあった絵画が床に落ちた。

「あ——！」

壁にぶつけて痛む頭と肩を気にする余裕もなく、レイリアは慌ててしゃがみ込んだ。

この絵画は、ジョアンビル家の先祖の画家が描いた絵で、借金の形《かた》にとられていたものを最近になって取り戻したのだ。そんな経緯《けいい》もあり、父はたいそう大切にしていた。

そんな家宝ともいえる絵画の額が落ちた弾《はず》みで外れかけている。これはまずい。早くもとに戻さなければと持ち上げると、額の裏側に何か引っ掻いた跡のようなものがあるのに気がついた。

落とした拍子に傷がついてしまったのだろうかと焦るが、裏側なので普段は人の目に触れることもないとささっと傷を撫《な》でてから、もとの位置にかけようと腕を伸ばす。

「あらあら。落としてしまったのですか。私が直しておきますから、レイリア様はパーティーに行ってください」

レイリアの後を追って来たらしいアンが、慌てたように駆けて来てレイリアの髪の乱れを直し、絵画を受け取ってから送り出してくれた。

家の前に停まっている馬車に乗り込み、レイリアはパーティー会場へ向かう。

そして、着くとすぐに会場の隅のテーブルに陣取《じんど》った。

遅刻しても目立たず、会場にはずっといましたよ、という顔ができる場所だ。しかし折《おり》しもそこは、昔、ウィルフレッドに世界一のごちそうを横取りされた一角であった。

それを思い出したレイリアは、慌てて会場内を見回した。

――ウィルはいないわね。

ウィルフレッドはもともとなぜかパーティーが好きではない。だから中抜けするだろうと初めから分かっていた。分かっていたから、こうやって途中から参加したのだ。レイリアが遅れてパーティーに来たのも、彼と鉢合《はちあ》わせをしないためだった。

――通常どおりなら、あとは最後に顔を出すだけだわ。その前に帰ってしまえば、ウィルと会わずに済むわね。

計画どおり。とレイリアはにっこりと微笑んで、目の前のテーブルを眺めた。

黄金色の海亀《うみがめ》のスープに野菜たっぷりの兎のシチュー、ふっくらとした雌鳥のロースト、肉汁たっぷりの豚の腸詰《ちょうづ》め、濃厚な牛のパテ、輝くばかりの真っ白な丸いパンにこんがりと香ばしい揚げパン、甘く煮た梨、甘い匂いを漂わせる砂糖菓子、艶々《つやつや》とした焼き色の林《りん》檎《ご》のパイ。その他にもたくさんの料理がところせましと並べられている。

レイリアの目的は、この豪華な料理の数々だった。

口内で大量のよだれが分泌されるのを感じる。それを零さないようにきゅっと唇を引き結ぶが、本当なら今すぐにでも料理に齧《かじ》りつきたい。両手で肉を摑んで、口に放り込みたい。しかし、ありったけの理性を総動員してそれを我慢していた。

なぜなら今日のパーティーは、レイリアのような商人の娘がいることが場違いな、高貴な人たちばかりが出席する、シルヴェストリ伯爵家主催の会だからだ。はしたないことはできない。

レイリアの家の一階部分がほとんど入ってしまいそうなほど広いホールには、数十人の着飾った男女が行き交っていた。自分に自信のある煌びやかな人々が、堂々と胸を張って楽しそうに談笑している。

奥では近頃貴族の間で非常に人気の楽団が音楽を奏《かな》でている。バイオリンやピアノ、他にも様々な弦楽器を持つ者の中に、琴《こと》と呼ばれる珍しい楽器を演奏する人物がいる。この楽団は、その楽器が奏でる独特の音色で一躍《いちやく》有名になったのだった。

流行りもの好きで知られる侯爵でさえも呼べなかったと言われる楽団を呼べるなんて、さすが顔の広い伯爵様だ。

出席者の話す内容が漏《も》れ聞こえてきたが、普通のパーティーよりは人が少ないながらも、招待客は実に豪華な顔ぶれなのだそうだ。ここで縁《えん》を繋《つな》いでおこうと皆躍起《やっき》になっている。

しかしレイリアは、招待客がいかにすごかろうと、そんなことはどうでもよかった。

それよりも気になるのは、出席者のほとんどが、まるでそれがマナーだとでもいうようにグラスを片手に砂糖菓子を摘《つま》む程度の食事しかしていないことだ。女性は特にその傾向が強く、コルセットで苦しいせいなのか、水分しかとらない人も多かった。

上流階級の人間は、世間体をひどく気にする。彼らにとって見栄や建前は非常に大事だろうし、しがらみもあってそうせざるを得ないのが上流階級なのかもしれないが、一介の商人の娘でしかないレイリアにその考え方は到底理解できなかった。

こんなに豪華でおいしそうな食事が目の前にあるというのに、よく見ないふりができるものだ。レイリアには我慢できない。それに残すなんてせっかく作ってくれた人たちに失礼だ。パーティーが終わった後に、ほとんど手もつけられていないと作り手がガッカリすることもレイリアは知っている。

――そうよ。ある程度手をつけないとここの料理長がまた落ち込んでしまうわ。

この屋敷の料理長は、レイリアに焼き菓子や砂糖漬けなどをよく食べさせてくれた。会えば食べ物をくれる、とても親切で優しい人なのだ。

レイリアは素早く周りを見回した。誰もこちらを見ていない隙を狙ってローストを口に詰め込む。よく噛んで味わい、次は千切った揚げパンを何度かに分けて丸々三つを胃に収めた。

相変わらず、どの料理もおいしい。

「懐かしい味だわ……」

腸詰めを頬張りながら兎のシチューを手に取り、もごもご呟いたその時、突然ホールの入り口付近でざわめきが起きた。レイリアは、口の中いっぱいに広がる肉汁を味わいながら、女性たちが色めいた声を上げる方を見た。

数人の若い女性が何かを囲んでいる。真ん中のそれは彼女たちよりも頭ひとつ突き出ているので、その何かが『誰』であるかすぐに分かった。

「げっ……」

レイリアは、眉間《みけん》に深くしわを刻んだ。

たいして手入れをしていないはずなのに指どおりの良さそうな柔らかな金髪と、彫刻のように整った一見優しそうにも見えるあの顔を忘れるはずがない。

——あいつが来た。

レイリアは兎のシチューが入った皿を持ったまま固まった。

彼がパーティーに出席するのは当然だ。それは分かっていたが、これまでがそうだったように、中抜けした後は終わる直前にしか顔を出さないと踏んでいたのだ。レイリアの読みは外れてしまった。

女性たちに囲まれ、穏やかな笑みを浮かべている彼の名は、ウィルフレッド・シルヴェストリ。このパーティーの主催者であるシルヴェストリ伯爵の一人息子だ。

レイリアは、父と二人で今日のパーティーに招待されていた。商人である父がシルヴェストリ伯爵と昔から親交があるからだ。何代か前のご先祖様が絵画を通じて仲良くなって以来、シルヴェストリ家とジョアンビル家は先祖代々懇意《こんい》にしているらしい。

昔はレイリアも姉や兄たちとこの屋敷によく遊びに来ていた。姉や兄よりもウィルフレッドとのほうが年が近いため、二人で遊ぶこともあったぐらいだ。

しかし二年前、父と伯爵との間でちょっとした行き違いがあったらしく、この二年間はシルヴェストリ家とは絶縁状態だった。その間レイリアはウィルフレッドと会うこともなく、父の仕事を手伝いながら穏やかな毎日を過ごしていた。

それが少し前、どういったやりとりがあったのかは知らないが、父たちが和解したためこのパーティーに呼ばれたというわけだ。

家族全員招待されたのだが、父の跡を継いで商人になった兄は交渉事で隣国に行っており、遠方の国に嫁いだ姉たちは都合がつかないために欠席となり、レイリアと父の二人だけが出席することになったのだ。

父は社交も仕事のうちだと言って出席者たちと交流を深めているが、経理の仕事の手伝いをしている程度のレイリアには上流階級に知り合いはいないし、下手なことを言って墓穴を掘ることもしたくない。レイリアは最初から、二年もご無沙汰《ぶさた》だったシルヴェストリ家の料理を堪能する気満々でこのパーティーに出席したのだ。

レイリアはちらりと料理を見てから、視線を再びウィルフレッドに戻した。

女性たちの目線に合わせるため下を向いているせいか、綺麗に整えられたウィルフレッドの髪の毛がはらりと額に落ちる。それを話しながらかき上げて撫でつける。――その仕草が妙に色っぽい。

二年前のウィルフレッドはまさに〝少年〟と呼ぶにふさわしく、同年代の男性たちよりも細くて小さい印象があったのに、今の彼は、背が伸び、肩幅が広くなり、四肢《しし》がよりいっそう長くなった。

二年会わない間に、ウィルフレッドは少年から青年へと姿を変えていた。まるで別人のような彼に、レイリアは複雑な気分になった。

――あれは本当にウィルなのかしら……？

記憶の中のウィルフレッドとあまりにもかけ離れているので、レイリアは疑いの眼差しでじっと彼を見つめた。

ぷっくりとしていた頬は男らしくしゅっとしたが、よくよく見ると目や鼻や口といったパーツは確かにウィルフレッドのものだ。

レイリアは、初めて彼に会った時のことを思い出した。

あれは、三歳だったか四歳だったか……幼かったので記憶があやふやではあるが、金髪で整った顔立ちのウィルフレッドを『王子様』だと思ったことだけは覚えている。あれがレイリアの初恋だった……らしい。姉たちがその時のレイリアの様子を事細かに教えてくれて、初恋だと断定したのだ。

確かに、幼い頃は彼に好意を抱いていたようにも思う。しかしそれが恋かどうか、幼いレイリアには分からなかった。

そして今、成長したウィルフレッドを見て、一瞬だけ幼い頃と同じようにときめいてしまったのは事実だ。けれど、それは本当に一瞬だ。

母親のような気分で彼の成長を喜ぶ気持ちと、彼が知らない人になってしまったような寂しさ、そして、恨みのある彼がどんなふうになっていようと自分には関係ないという冷ややかな思いが混ざり合って胸がもやもやとする。

「やめやめ。ウィルのことは考えないようにしよう」

訳の分からない気分を振り払おうと小さく首を振った時――。

「！」

ウィルフレッドとばっちり目が合ってしまった。

しかも、彼の赤茶色の瞳がきらりと光った気がする。

「……っ！」

嫌な予感がして、声にならない悲鳴が漏れる。

ウィルフレッドと顔を合わせる前に、食べられるだけ食べて帰宅しようと思っていたが、甘い考えだった。

ウィルフレッドは取り巻きたちに何か言ってから、こちらへ来ようとしている。それを見ただけで、レイリアの足は無意識に、彼がいるのとは反対方向へと歩を進め始めた。食べかけのシチューは泣く泣く途中のテーブルに置く。

もしかしたらウィルフレッドは、レイリアの近くにいた誰かのところに向かっていたのかもしれない。自分に向かって来ていると思うのは自意識過剰かもしれない。けれど万が一にでも、彼と顔をつき合わせるような状況にはなりたくなかった。

レイリアは、ウィルフレッドのことが苦手なのである。

その原因は、もう八年も前に遡《さかのぼ》る。

あれは、今日よりももっと大規模なパーティーだった。父と兄、そして姉たちと一緒にシルヴェストリ伯爵主催のパーティーに招待されて出席した日のこと。

レイリアは、これまで見たことのない豪華な食事がテーブルの上にずらりと並んでいるのを見て感激した。喜び勇んで料理に手を伸ばしたが、すぐに姉たちに「はしたない」と怒られ、ほんの少ししか食べることを許されなかった。

母はレイリアを産んですぐに亡くなってしまったため、姉たちが母親代わりだった。だ

からレイリアは姉たちの言うことを素直に聞いた。聞くようにしつけられたのだ。この時もレイリアは姉たちの言うことをよく聞いた。

そしてそのご褒美《ほうび》として、世界一のごちそうを食べられるはずだった。けれど、それをウィルフレッドが食べてしまっていたのだ。

悲しくて、悔しくて、抑えきれない怒りでレイリアは大泣きした。すると彼はなぜか、頬を染めてもじもじとし始めた。ごちそうを返せと号泣するレイリアに、うっとりとした表情を向けてきたのだ。

料理のことしか頭になかったレイリアも、彼の顔を見てさすがになんだかおかしいと思った。レイリアの泣き顔を見て鼻息を荒くして頬を染める男なんて、変態以外の何物でもない。その頃、一見おとなしそうな八番目の姉がこんな顔をした男に付きまとわれたことがあり、レイリアは『変態』という人種を知った。その直後だったので、危険察知能力が敏感に働いたのである。

更にその後、彼はあろうことかレイリアの唇を許可なく奪ったのだ。九歳のレイリアにその意味は分からなかったが、幼いながらにレイリアは悟った。ウィルフレッドは危険な人物だと。

それ以来ウィルフレッドは、あらゆる手を使ってレイリアを泣かせようとしてきた。玩具を隠したり、無視をしたり、おやつを取り上げたり……キスも頻繁《ひんぱん》にされた。とにかく様々な方法で意地悪をしてきた。

レイリアが泣くとウィルフレッドは笑うのだ。性格が悪い、としか言いようがない。

成長して少しはまともな人間になっているかと思ったが、レイリアを見る目は以前のままだった。

早くこの場を離れなければまたウィルフレッドに意地悪をされる。八年前にごちそうを奪われた腹立たしさは消えておらず、いまだ文句を言ってやりたい気持ちはあるものの、意地悪されて泣かされるのはごめんだ。

ただ、お腹はまだまだ満たされていないのに料理に背を向けなければならないのが無念でならず、レイリアは咄嗟に近くにあった白いパンに手を伸ばして何個か摑んでから、急いでホールを出た。

廊下に出ると、男女が寄り添って語らう姿がちらほらと見えた。ウィルフレッドが彼らにレイリアの行き先を聞いた場合のことを考え、まずは化粧室へ向かう。一度そちらに入ったふりをして廊下の先を進み、すぐに右に折れた。

二年前までよくこの屋敷に来ていたのだ。勝手知ったる他人の家である。

レイリアは、一般客が入り込むことのないプライベートエリアへと忍び込んだ。使用人もあまり利用しない通用口のひとつから屋敷を抜け出そうと思ったのだ。

少し遠回りになるが、この屋敷は少々入り組んだ作りになっているので、早々には捕まらないはずだ。

　パーティーに参加すると決めた時から途中で帰るつもりだった。そのことは父に伝えてあるので問題ない。予定より早いがさっさと帰宅してしまおう。伯爵に挨拶せずに帰ることになるが、緊急事態なので許してほしい。

　長い廊下を抜け、角を何度か曲がり、パーティーが開かれている今は誰もいないであろう食堂を抜け、隣にある使用人の控え室から裏口へ向かうというのがレイリアの考えた逃走ルートだ。

　パンを口に詰め込みながら、懐かしい気持ちで見覚えのある廊下を進む。

　昔はよく、この屋敷内のすべての部屋を使ってかくれんぼをしたが、どんなにうまく隠れてもウィルフレッドに見つかってしまったものだ。

　どこに隠れようがどこに逃げようが、ウィルフレッドにはなぜかレイリアの居場所が分かるのだ。だからとにかく急がねばならない。

　こそこそと身を隠しながら食堂へ向かう。その途中、何人かの顔見知りの使用人たちと遭遇しそうになり、素早く柱の陰に隠れてかわした。慌ただしく駆けていった彼らは、レイリアには気がつかなかったようだ。

　その後も黒いフロックコートを着た男性を階段付近で見かけ、しばらく行ってから、何やらぶつぶつと呟いている緑のドレスを着た女性と鉢合わせしそうになったが、自慢の反射神経と幸運とでどうにか姿を見られずに済んだ。

そしてやっとたどり着いた食堂の扉を細く開けて、するりと体を滑り込ませる。中は二年前とほとんど変わっていなかった。

ただ、入り口の左側に飾ってあった絵画はなくなっている。それは今、レイリアの家にある。家を出る時に落としてしまった絵画だ。

レイリアのご先祖様が描いたその絵は、商売で大赤字を出した何代か前の当主が借金の形としてシルヴェストリ家に預けていたもので、幸運にも商才のあった父が借金を全額払い終え、最近になって返してもらったのだ。

大きな花瓶《かびん》が絵画の代わりに置かれているその場所を名残惜《なごりお》しく見つめながら、レイリアは隣室へ繋がる扉に近づいた。

そこでふと、大きな振り子時計が目に入り、思わず笑みが零れる。

時計の裏側を覗き込むと、壁との間に僅かな隙間《すきま》があった。今のレイリアではそこには入れないが、昔、かくれんぼの時に何度かここに隠れたことがある。

「あの頃は良かったな……」

思わず本音が漏れた。

そうだ。ウィルフレッドがいじめっ子になるまでは、本当に平和な毎日だったのだ。レイリアの兄と、たまに姉たちも交ざって、ウィルフレッドと一緒に楽しく遊んでいられたのに……。

そういえば、かくれんぼであまりにウィルフレッドを見つけられなくて、レイリアがふてくされて彼に文句を言った時、隠れ場所のヒントを書いた紙をくれたことがあった。

『俺がこれから隠れる場所の絵を描いた。そこでリアを待ってる』

ウィルフレッドはきちんと絵の示す場所に隠れたらしいが、紙にはもじゃもじゃとした何かが描かれているだけで、その暗号のような形が何を表しているのかさっぱり分からず、彼を見つけることができなかった。

あれは何の絵だったのだろうか。今更ながら気になり始めた。その時——。

「おい、ここで何をしている？」

懐かしさに浸っていたレイリアは、突然声をかけられて飛び上がった。

慌てて振り返ると、ウィルフレッドが入り口に立っていた。赤みがかった茶色の瞳が射るようにレイリアを見ている。

つけられている気配はなかったはずだ。なぜウィルフレッドはレイリアがここにいると分かったのだろうか。

「どこに行く気だ？」

レイリアを見据えたまま、ウィルフレッドが歩み寄って来た。レイリアは及び腰になりながらも何とか胸を張る。

ウィルフレッドは狩りの時の肉食獣のように、逃げると追いかけてくる習性があるのだ。それも、嬉々《きき》として追って来るのでたちが悪い。

「そろそろ帰ろうと思っ……」

「おい」

頬が引きつりそうになるのを堪えながら絞り出した言葉が、言い終わらないうちに遮られた。目の前で足を止めたウィルフレッドが手を伸ばしてくる。

反射的にびくりと体が震えた。それに気がついたらしいウィルフレッドは一瞬動きを止めたが、すぐにまた手を伸ばす。

「口の端にパンくずがついてるぞ」

言いながら、ウィルフレッドはレイリアに触れ、パンくずを摘み取った。

「あ、ありが……っ!?」

お礼の言葉が途切れたのは、そのパンくずをウィルフレッドがぱくりと食べてしまったからだ。

「どうして食べるの!?」

驚きと戸惑いが同時に襲ってきて声が震えると、ウィルフレッドが首を傾げた。

「食い物は食うためにあるんだろ?」

まるでレイリアの言っていることのほうがおかしいのだと言うかのように、ウィルフレッドは不思議そうな顔をする。

「そうだけど……。私の口についてたパンくずでしょう?」

人の口についていた、しかも食べかけのようなものであるパンくずを、彼はなぜ何の躊《ちゅう》躇《ちょ》もなく自分の口に入れたのだろうか。食べるのが大好きなレイリアでも、さすがに人様の口についたものを取って食べたりはしない。残りものならいただくかもしれないが。

「あんなパンくずでさえ人にやりたくないってことか? 相変わらず食い意地が張ってるんだな」

ウィルフレッドは馬鹿にするように笑った。相変わらずの意地の悪い態度に、レイリアはむっと口を尖《とが》らせる。

「違うわよ。人の口についていたものをよく食べられるなって思っただけ」

「食えるに決まってるだろう」

ウィルフレッドのほうがおかしいはずなのに、なぜか『何を言っているんだ?』という顔をされた。

もしかしてレイリアのほうがおかしいのだろうか。ふてぶてしい態度で断言されると、こちらが間違っているような気がしてくる。

「そんなことより、お前はなんでこんなところにいるんだ?」

自分の考えに自信がなくなってきていたレイリアに、ウィルフレッドの鋭い視線が突き刺さる。

「え、あの、その……この屋敷に来るのは二年ぶりだから、なんだかものすご～く懐かしくなっちゃって、昔ウィルと遊んだな～とか、いろいろ思い出しながらフラフラ～と歩いていたら、足が勝手にここへ……」

まさか、『ウィルフレッドから逃げようと思って裏口を目指していた』とは言えず、レイリアは歯切れ悪く答えた。するとウィルフレッドは、ますます目を細めた。

「さっき、〝帰ろうと思って〟とか何とか言ってなかったか？」

「そ、そうそう。伯爵家のパーティーは私には不釣り合いな気がして、思い出巡りをしてからお暇《いとま》しようかなと。……え～と、ごきげんよう？」

別れの挨拶くらいはお上品にしようと思ったのだが、言い慣れていないので疑問の口調になってしまった。

しかしそんなことを気にしている場合ではない。早くこの場を離れたいという思いが強く、レイリアはおざなりにドレスのスカートを摘み軽く腰を折ってから、くるりとウィルフレッドに背を向けた。

そのまま裏口がある使用人の控え室へと向かおうとするが、「待て」というウィルフレッドの低い声に呼び止められる。

「宝石が盗まれた」

「え？」

さらりと発せられた言葉に、レイリアは思わず振り返る。

今、ウィルフレッドはなんて言ったのだろう。

「宝石が、盗まれた……？」

彼の言葉をゆっくりと繰り返してみたが、早く出口に向かいたい気持ちが大き過ぎて、意味をきちんと理解できた気がしない。

「そうだ。大切な宝石が盗まれた」

大きく頷いたウィルフレッドは、そんな大変なことがあったわりには落ち着いているように見える。

「いつ盗まれたの？」

問うと、彼は顎に手を当てた。

「いつだろうな。少なくとも、パーティーが始まる直前まではあった。パーティーの初めにお披露目した宝石と一緒に宝物庫に納めたのは俺だから、それは間違いない。だがさっき、俺がその宝石を取りに行った時にはもうなくなっていた。しかも、宝物庫前に立っていた警備員が、薬か何かで眠らされていた」

淡々とした口調ではあるが、ウィルフレッドが嘘をついているようには見えなかった。

レイリアは眉を顰《ひそ》める。

「警備員を薬で眠らせるなんて、計画的な犯行よね。盗難届は出したの？」

「いや。盗まれたのは俺が先日購入したばかりの宝石だけで他の宝石は無事だったから、おおごとにしたくないんだ。それに……自分の手で取り戻したい」

おおごとにしたくないと言うが、話を聞く限り完全に計画的な窃盗《せっとう》事件である。犯人を捜すために然《しか》るべき機関に届けたほうがいい。

そこまで考えてからレイリアはふと思い当たり、ハッと口を手で覆った。

「まさか……探られたくないルートから手に入れた宝石とか？」

そうとしか考えられない。だって、ウィルフレッドの宝石だけ盗まれて他は無事だったのだ。きっとその宝石は、裏の世界ではよほど価値のあるものなのだ。だから窃盗犯はそれだけを盗っていったのではないだろうか。

それに、意地の悪いウィルフレッドなら、誰かを陥《おとしい》れるために汚い手を使って、そういう曰《いわ》くのある宝石を手に入れていそうでもある。

「……そんな目で見るな。あれは、正規のルートで手に入れた宝石だ。他人にはあまり価値のないものでも、俺にとっては特別な宝石なんだよ」

レイリアが疑いの眼差しを向けたせいか、ウィルフレッドは不愉快そうに睨んできた。

そして、なぜか突然腕を摑まれる。

ぐいっと腕を引かれ、ぶつかりそうなほどの距離まで接近した。不機嫌そうな顔に見下ろされて初めて、ウィルフレッドの身長がレイリアの頭一個分も高いことが分かった。

以前は視線の高さも同じぐらいだったのに、今は目を合わせるために上を向かなければならない。

「俺がどうしてお前を追って来たか分かるか?」

ウィルフレッドの声が食堂に響いた。

記憶の中の彼の声よりも低い。先ほどからわざと低い声を出しているだけだと思っていたが、これが地声なのだと気づく。

そうか。会わなかった二年の間に身長が伸びて声も低くなったのか。

「どうして追って来たの?」

おさななじみの変化に戸惑いながらも、レイリアは問い返す。

会場でウィルフレッドと目が合った時に感じた嫌な予感は正解だった。やはり彼はレイリアのところへ向かって来ていたのだ。

「お前が挙動不審だったからだ」

それは、ウィルフレッドから逃げたかったからだ。すぐにそう返したかったが、一拍遅れて彼の言葉の意味を理解して目を見開く。

「私、盗ってないわよ」

すぐさま否定したが、ウィルフレッドの目は冷たいままだ。

「身体検査をするから手を上げろ」

掴まれていた腕が無理やり上げられる。疑われていることが我慢ならず、レイリアはウィルフレッドの手を振り払った。

払ってから、「ウィルフレッドには何をされても受け入れるのよ」という姉たちの言葉を思い出したが、今はそんな場合ではないだろう。そもそも姉たちが言っていたことについて、レイリアは常々理不尽だと思っていた。

「私、宝石なんて持っていないわ」

レイリアが持っている宝石なんて、身に着けているアクアマリンのネックレスくらいだ。そのネックレスでさえ、パーティー用のドレスを作った時、そのドレスに合うからと言って兄がプレゼントしてくれたものだ。そもそも宝飾品にまるで興味がないレイリアに、宝石を物色するような動機は何もない。

腐れ縁だとしても、ウィルフレッドとはおさななじみである。何度も遊んだし、ウィルフレッドの意地悪さえなければ仲が良いとも言える関係だったはずだ。それなのに窃盗犯だと疑われているなんてショックだった。

「身の潔白を証明したいなら、俺の言うことを聞け。抵抗するなら力づくでドレスを脱がすぞ」

ウィルフレッドは『本気だからな』と凄んでくる。それでもレイリアは彼の言うことを素直に聞く気にはなれなかった。

何も持っていないと自分で分かっているのに、なぜ身体検査なんてされなければならないのか。

ふと、もしかしてこれはいつもの意地悪なのだろうか、と思い至る。ウィルフレッドならやりそうなことだ。この男はレイリアを泣かせるためなら平気で嘘をつくのだということを迂闊《うかつ》にも忘れていた。

「宝石が盗まれたなんて嘘でしょう？」

確信を込めて言うと、ウィルフレッドはむっと眉根を寄せた後、真面目な顔で否定した。

「嘘じゃない。今、使用人たちも招待客に悟られないように宝石の行方を捜している」

探るようにウィルフレッドの瞳を覗き込んでみたが、嘘をついているような様子はない。ということは、本当に盗まれたのだろうか。

そういえば、使用人たちが珍しく廊下をバタバタと駆け回るのを目撃した。あれは、パーティーの仕事で忙しかったのではなく、宝石泥棒のことで慌ただしかったのか。

「無理やり脱がされるのと、黙って触られるのと、どっちがいい？」

言いながら、ウィルフレッドは腕を伸ばしてきた。それを避けようとして後ろに下がると、背中が壁に当たる。

内心で焦っていると、ウィルフレッドは壁に手を置いてレイリアを両腕で囲った。

「どっちも嫌よ」

逃げ場がないうえに、至近距離でウィルフレッドに凄まれて、レイリアはぐっと口元を引き締めた。

「それなら、別のやつに頼むか？　いずれにしても俺が立ち会うことになるけどな。見られる人数を増やしたいならそうしたらいい」

「っ……」

「身体検査をして何もなければすぐにでも帰れるんだ。身に覚えがないならおとなしくしていろ」

確かにそのとおりなのだが、犯人扱いされていることが腹立たしいのだ。

「さ、さっさと終わらせてよね」

レイリアは平静を装って両腕を上げ、『どうぞ』と体を差し出す。

するとウィルフレッドは、最初にレイリアの手の先に触れた。手のひらを見せているのでそこには何もないのが一目瞭然《りょうぜん》なのに、だ。ひやりとした感触にびくっと体が震えたが、怯えていると思われたくなくて懸命に平然とした顔を装う。

手から腕、肩、首筋、背中に下りてきた手が、するりと胸を撫でた。直後、ぐっと膨らみを摑まれたと思ったら、ドレスの襟《えり》ぐりから両胸の間に指を差し込まれる。

「ちょっ……！」

文句を言おうとすると、鬱陶《うっとう》しそうに睨まれた。

「女はここに隠すことが多いんだ。仕方がないだろう」

触りたくて触っているのではないと言われているようで、レイリアはむっと頬を膨らませる。

こっちだって、仕方なく乙女の体を触らせているというのに、この不遜《ふそん》な態度はいかがなものだろう。演技でもいいから、もう少し申し訳なさそうにしてくれればいいものを。

胸から離れたウィルフレッドの手は、腹部から臀部《でんぶ》を何度も往復した。

撫で方がなんだかおかしいと思ったが、レイリアは犯罪者になったこともなく、身体検査なんてされたことがないので、一般的にはこういうものなのかもしれないと思い直す。

脇腹《わきばら》はかなりくすぐったい。しかしここで笑ったら負けのような気がして必死に笑いを堪えた。

それにしても、ウィルフレッドの手はやけに腰周りに長く留まっているような気がした。くすぐったいのを我慢するのもそろそろ限界なので、早くそこから移動して欲しい。

声が漏れないように唇を噛み締めるとじわりと涙が浮かんできて、レイリアは慌てて目を瞑《つむ》った。

涙はまずい。ウィルフレッドを喜ばせてしまう。必死に堪えていると、突然、ぴたりとウィルフレッドの手の動きが止まった。何事かと目を開けると、彼は仏頂面《ぶっちょうづら》のままスカートの膨らみをガシガシと摑んで調べ始めた。彼は下を向いていたようで、涙ぐんだのは見られていなかったのだと安堵する。

だが、しばらくスカートの裾を念入りに探っていた手が、不意に動きを止めた。同時に、ウィルフレッドの眉が跳ね上がる。

「これはなんだ？」

訝しげな声とともに、目の前に白い何かを差し出された。よく見るとそれは、小さな包み紙だった。薬が入っているのか、うっすらと中に粉が見える。

「薬？」

見た印象のままを答えると、ウィルフレッドがそれを軽く振った。

「お前のか？」

「私のじゃないわ。そんなもの初めて見たもの」

レイリアは慌てて首を振った。本当に身に覚えのないものだ。

「だったら、どうしてお前のドレスの中から出てきたんだ？」

「知らないわよ！」

こっちが聞きたいくらいだ。入れた覚えのないものが入っているなんて、不思議で仕方がない。

「これは……睡眠薬だな」

素早く包み紙の中身を確認したウィルフレッドは、そう断言した。なぜ見ただけで分かるのかを問い詰めたい気もしたが、睡眠薬ならばやはり自分が持っているはずがない。

「私、いつでもどこでもすぐに眠れるから必要ないわよ？」

室内はもちろん野外でだって眠れてしまうのが特技だ。レイリアほど睡眠薬と無縁の人間はいないと思う。

……いや、もう一人いた。ウィルフレッドだ。目の前の彼もいつでもどこでも眠れる体質で、一緒にあちこちでお昼寝をしたのを覚えている。

「お前の寝つきがいいのは知っている」

「だったら……」

当然のように頷くウィルフレッドに、レイリアはほっと息を吐き出した。しかし彼の次の言葉に目を丸くする。

「だが、警備員を眠らせるためには必要だろう？」

つまりレイリアがその睡眠薬で警備員を眠らせ、宝石を盗んだと彼は言いたいらしい。

「盗まれた宝石を持ってもいないのに、私を犯人扱いするの？」

疑われたことについてのショックや悲しみは、憤りに変わっていた。

このまま犯人扱いをされ続けるなら、ウィルフレッドとの腐れ縁を断ち切ってやろうと決意する。

「いいや。お前のような単純なやつにこんな盗み方ができるとは思っていない」

言い方は非常に気になったが、一応犯人とは思われていないようでほっとする。しかし、文句は言っておかないと気が済まない。

「それならどうして身体検査なんてしたのよ。レディの体に無遠慮に触るなんて紳士のすることではないわ」

きつい口調で窘めたが、ウィルフレッドは悪びれた様子もなくふんっと鼻で笑い、薬の包みをポケットにしまった。

「挙動不審な人間はとりあえず調べないといけないだろう。お前のドレスから睡眠薬が出てきたことを忘れるな。実際に盗んだわけではないかもしれないが、何かしら関わっている可能性があると考えられる。だからここで無罪放免《むざいほうめん》というわけにはいかないんだよ。それに……まだ調べていないところがある。今お前が宝石を持っていないと証明するためには徹底的に調べておかないと」

「……調べていないところ？　靴の中とか？」

靴の中に宝石が入っていたら歩く度《たび》に当たって痛いではないか。

「違う。……とにかく、調べるから一緒に来い」

言って、ウィルフレッドはくいっと親指を扉へ向けた。

「だから、どこを調べるのよ？　何度も言うけど、私は宝石なんて持っていないし、その薬も私のものではないわ」

上から下まで調べたのだ。靴の中でないなら、他にどこを調べると言うのだろう。万が一レイリアが何かを隠していたとしても、ウィルフレッドが触ったところ以外に隠し場所なんてない。

「犯人として突き出されたくなければ、俺の言うことを聞け」

ウィルフレッドは胸の前で腕を組み、偉そうな口調で命令してきた。彼の言うことを聞いて当然、という態度にむっとする。

確かに、幼い頃のレイリアなら素直に言うことを聞いただろう。だが、彼と会わなかった二年の間に、姉たちの言いつけがおかしなものだとレイリアは気がついたのだ。

心当たりなんてこれっぽっちもないのに、彼の言うことを聞く義理はない。

「嫌よ」

梃子《てこ》でもここを動かない、と足を踏ん張って態度で示す。

レイリアは生まれ変わったのだ。姉たちが全員嫁《とつ》ぎ、しつけと称《しょう》してレイリアを支配する者がいなくなった。だからもう姉たちの言いつけを守る必要はない。

けれど心の中では『行かないと駄目よ』と弱気な自分が顔を出してもいて、突然姉たちが現れて説教をされそうな気さえしてくる。

果たして本当に言いつけを守らなくていいのかと考えていると、ウィルフレッドは腕組みを解いて片手を伸ばしてきた。その手はレイリアの顔の脇を通り、背後にある壁に置かれる。

先ほどと同じように、間近で見下ろされる格好になった。

「そんなこと言っていいのか？　睡眠薬を持っていただけでもあやしいんだ。その事実を父に話せば、最近やっと和解したシルヴェストリ家とジョアンビル家の仲にまた亀裂が入ることになるだろうな。そのうち、ジョアンビル家の娘が盗みを働いたという噂が広がって、お前の家は信用を失い、商売も立ち行かなくなるかもしれない」

にやりと意地の悪い笑みを浮かべ、ウィルフレッドは低い声で言った。

確かに、ウィルフレッドの父親とその関係者は上客だ。シルヴェストリ家と絶縁状態にあったこの二年、売り上げが減少していた。兄が父以上にやり手でなかったら、ジョアンビル家は路頭《ろとう》に迷っていただろう。両家が和解し、これから事業も発展させていけると上機嫌だった父を失望させたくはない。

「私を脅すの？」

じろりとウィルフレッドを睨み上げると、彼はふっと口元を緩めた。

「お前が俺の言うことを聞けば、両家は安泰《あんたい》だ」

完全に脅しではないか。

レイリアはしばらく黙り込んだ。盗んでいないのに調べられるなんておかしいという気持ちと、確証がなくてもウィルフレッドがレイリアが犯人だと言い張ればレイリアは冤罪《えんざい》を着せられ、シルヴェストリ伯爵と父との間に再び溝ができてしまうだろうという懸念がせめぎ合っている。

「……言うことを……聞くわ」

長い葛藤《かっとう》の末、レイリアは渋々頷いた。するとウィルフレッドは、すぐさまぐいっとレイリアの腕を引いた。

「よし。俺の部屋に行くぞ」

摑まれた腕が痛くて、レイリアは顔を顰《しか》める。ウィルフレッドはまるで罪人を連行するかのように、レイリアの腕の上部を引っ張っているのだ。

あんなふうに脅されて逃げられるわけがないのに、なぜ手形がつきそうなほど強く腕を摑むのだろうか。

摑む力を緩めてもらおうと、レイリアは体を引きつつ口を開いた。その時。

「あ、ウィルフレッド様……に、レイリア嬢ちゃん？」

後方から野太い声が聞こえてきた。ちょうど食堂を出たところだったので、振り返ったレイリアは薄暗い廊下で目を凝らす。

「久しぶりだな〜」

立ち止まったレイリアに、その人物は嬉しそうに声を弾ませた。厨房がある方向からまん丸なお腹を揺らして近づいて来たのは、料理長のブノワだ。

「ご無沙汰してます、料理長。お元気そうですね」

相変わらずの丸い顔に丸い体型の彼を見て、レイリアは途端に笑顔になる。おいしい料理をたくさん作ってくれる彼のことは昔から大好きなのだ。

「ああ、元気元気。レイリア嬢ちゃんは大人っぽくなったなぁ。こ～んなに小さかったのに、ちょっと見ない間に随分立派なレディになって」

ブノワは感慨深そうに目を細めた。優しい眼差しがしげしげとレイリアを見る。

ウィルフレッドの横暴さにささくれ立っていた心が、ブノワの出現によって一瞬にして癒《い》やされる。彼を見ると気持ちが丸くなるのだ。それは彼の体型のせいか、それとも彼に染みついているおいしそうな料理の匂いのせいなのか。

レイリアは、無意識のうちに分泌された唾液《だえき》をごくりと飲み込んだ。ウィルフレッドが呆れ顔をしているが、レイリアは気づかない。

ふと、孫を見るような目でレイリアを見ていたブノワが、何かを思い出したようにウィルフレッドに向き直った。

「あ、そうだ。ウィルフレッド様、特別料理の準備が整ってますよ」

「っ！　……そうか。ありがとう」

細い目をますますにこにこと細め、ブノワはウィルフレッドに告げる。するとウィルフレッドは僅かに目を泳がせ、ぎこちなく頷いた。そして、先ほどよりも強い力でレイリアの腕を引っ張る。

「行くぞ、リア」

早口で言って、ウィルフレッドは大股《おおまた》で歩き出した。ただでさえ身長差があるのに、彼に大股で歩かれたらレイリアは小走りするしかない。

ぐいぐいと引かれながら、レイリアは振り返った。

「料理長！　今度またゆっくりお話ししましょうね！」

摑まれていないほうの手を振ると、ブノワは笑顔で手を振り返してくれた。しかしその間にもブノワの丸い体型はみるみる遠のいていく。

唐突に癒やしを奪われたレイリアは、前を歩くウィルフレッドを睨んだ。

「ねえ、特別料理って何？」

まさかその特別料理とやらを独り占めするつもりなのでは……と疑うレイリアに、ウィルフレッドはちらりと視線を向けた。

「……この屋敷でかくれんぼをしていた頃のことを覚えているか？　かくれんぼ中なのに、お前は俺を捜しもしないで、よく料理長のところにいたよな。この大食漢《たいしょくかん》が」

ウィルフレッドは、レイリアの質問とは関係ないことを話し出した。やはり、独り占めするつもりだから触れられたくないのだろう。

「覚えているわ。ちゃんとウィルのことを捜していたわよ。でも、あちこち捜しても見つからなくて、歩いたら歩いた分だけお腹が空くの。そうすると無意識に足が厨房に向かって、私の顔を見た料理長がたくさんお菓子をくれるってわけ。料理長が作ってくれたものは全部おいしいから大好き」

パーティーでの料理も絶品だったが、昔作ってくれたいろいろなお菓子が忘れられない。甘過ぎなくていくらでも食べられる上品な味だった。

あの味を思い出してうっとりとしていると、ウィルフレッドがぼそりと言った。

「知ってる。お前は俺よりブノワに懐いていたよな」

横顔も声もなぜか非常に不満そうだ。

「それはそうよ。あの頃は、料理長のお菓子が目当てで、このお屋敷に来ていたんだもの」

そうなのだ。ウィルフレッドが気味悪くなってしまってからもここに来ていたのは、兄に連れられて仕方なく……という理由もあったが、一番はお菓子が食べられるからだった。

「……ああ、それも知ってた」

レイリアの腕を引くウィルフレッドの力が少しだけ緩んだ。心なしか彼の肩が下がったように見える。

「何よ。私が料理長のお菓子を独り占めしたことが気に入らないの？　ウィルだって、何かあるとすぐにキーファのところに行って飴をもらっていたじゃない。男同士の話だとか言って私を仲間外れにしたこと、忘れてないんだからね」

キーファというのは、レイリアの兄だ。レイリアと十一歳年が離れているが、面倒見がいいのでレイリアとウィルフレッドとよく一緒に遊んでくれた。かくれんぼにも付き合ってくれていたのだ。

レイリアの母親代わりだったのは姉たちだが、忙しい父の代わりをしてくれたのはキーファだった。

「キーファといえば、かくれんぼで俺を見つけられなくてお前が騒ぎ出すと、隠れていたキーファが飛んで来るんだよな。……そうだ。キーファだけじゃなくてお前の父親もすっとんで来たことがあったな。……まさか今日も現れたりしないだろうな」

俯き加減だった顔をはっと上げたウィルフレッドは、きょろきょろとあたりを見回した。

レイリアは姉兄とは年が離れた末っ子のため、父とキーファは特に甘やかしてくれた。レイリアが泣けば飛んできて慰めてくれて、騒げば宥《なだ》めてくれる。さすがに今ではそんなことはなくなったが、二人がレイリアに甘いのは変わっていない。

それに比べて、ウィルフレッドの両親はあまり彼に関心がないようだった。ウィルフレッドが転んで怪我をしても、レイリアと喧嘩をしても、来てくれるのはレイリアの父とキーファだけで、彼の両親は見向きもしなかったのを覚えている。

レイリアは、左右に視線を走らせているウィルフレッドを不思議に思った。

「お父さんはパーティー会場で顔つなぎに必死だし、キーファは商談で国を出ているから、二人とも来ないわよ。それに、私はもう子どもじゃないんだから昔みたいに騒いだりしないわ」

何をそんなに警戒しているのか知らないが、幼い頃とは違うのだ。レイリアは癇癪《かんしゃく》を起こしたりしないし、父もキーファも抱き上げに来てくれはしない。

ウィルフレッドは疑わしそうにこちらを見た。

「本当に騒がないな？」

そんなことを訊かれるとは思わなかった。ウィルフレッドの中のレイリアはまだ子どものままなのだろうか。

レイリアは肩を竦めた。

「騒がないわよ」

「何があっても絶対に大声は出さないな？」

「出さないわ」

なぜか真剣な顔で念押しされ、どうしてそんなことを言われるのだろうと思いながらも、大きく頷いてみせる。するとウィルフレッドは、「絶対だからな」としつこく言い募った。

子ども扱いされるのは気分がいいものではない。

レイリアが胸を張って「大丈夫」と宣言してみせると、ウィルフレッドはようやく満足そうに頷いた。

「入れ」

いつの間にかウィルフレッドの部屋の前まで来ていた。

扉を開けたウィルフレッドは、レイリアの腕を放し、背中を突き飛ばすようにして押してきた。

そんなに乱暴にしなくても、おとなしく入るつもりだったのに……とウィルフレッドを睨んでから、室内に視線を移す。

壁一面に並んだ本棚、机、そして寛ぐための大きなソファーにテーブル。主なものはそれくらいで、絵も花も飾っていない。子どもの頃から彼の部屋はこんな感じだ。

「たいして変わっていないのね」

ウィルフレッドの両親が子どもに〝買い与える〟ということを思いつかなかったのか、彼に物欲がないのか……。いずれにしても余計なものは置いていない殺風景な部屋なのである。増えたものといえば、本棚ひとつとそこに収められた本くらいだろう。

「これ以上何をどう変えるんだ？」

ウィルフレッドは部屋を見渡し、首を傾げた。

本気でそう思っているらしい。彼のこういうところはまったく変わっていない。変わらないところを見つけられてほんの少しだけ嬉しかった。

「私の部屋は、最低半年に一度は小物の配置とか色合いを変えているわ」

「大変だな」

模様替えを大変だと言うウィルフレッドには、気分を変えて居心地の良い場所を作るという発想がないのだろう。彼はこの部屋の状態が最高で、変化を望んでいないのだ。けれど、こんなに広くて飾りがいのある部屋を放っておくなんてもったいないと思うのは、レイリアだけではないはずだ。

ソファーをもっと窓際に持って行って、足置きを設置して……と想像の中でこの部屋の模様替えをしていると、ウィルフレッドが再びレイリアの背中を押してきた。

「あっちに行くぞ」

連れて行かれたのは、奥の扉の先にある寝室だった。ベッドとサイドボードがあるだけの部屋だ。

――ここも変化なし……。

彼の寝室に入ったのは小さい頃に数回だけだったが、シーツが新しいくらいで、さほど変化はないようだった。

――でも、どうして寝室に来たの？

疑問を感じたのは、寝室に入ってもなお背中を押し続けられているからだ。このままではベッドに足が当たってしまう。

「ねえ、ウィル……」

力を緩めようとしないウィルフレッドをレイリアは仰ぎ見る。瞬間、強い力でドンッと突き飛ばされた。

あっと思った時には、体がベッドの上に倒れていた。勢いがつき過ぎて、小さく跳ねる。

「危ないでしょう！」

文句を言いながら起き上がろうとすると、突然、口の中に何かを押し込まれた。硬い球体だ。

「んん……？」

球体に舌で触れると、甘い味がした。

「あ～ん、ってして欲しかったか？」

にやりと笑ったウィルフレッドに、レイリアは眉を顰める。

確かに以前は、彼に「あ～ん」と言われると条件反射で口を開けていた。そうすれば甘い飴を口に入れてもらえるからだ。

けれど八年前のあの日以来、たまに酸っぱい飴を入れられることがあった。だから警戒するようになったのだが、酸っぱい飴の後に必ず甘い飴をくれるので、結局、無防備に口を開ける習慣は直らないままだった。

ころころと舌で転がして飴の甘さを堪能していると、肩を押さえつけられて再びベッドに沈んだ。

「よし、じゃあ始めるぞ」

目を見開いたレイリアを見下ろしながら、ウィルフレッドは淡々とした口調で宣言した。

「え？」

ウィルフレッドが何を言っているのか一瞬分からなかった。飴に気を取られていて、自分がなぜウィルフレッドの部屋に来たのかを忘れていたのだ。

――そうだったわ。身体検査の続きをするからここに来たのよね。

目的を思い出し、レイリアは小さく頷く。

「それは分かったけど、どうしてベッドの上なの？」

「横になったほうが楽だと思ったからだ」

答えになっていない答えが返ってきた。更にウィルフレッドはレイリアの肩を押さえつけていた手を離し、おもむろにドレスのスカートを摑んできた。

「え、ちょっ……！」

早業《はやわざ》だった。スカートをめくり上げられたと思ったら、次の瞬間には素早くドロワーズを剝《は》ぎ取られていた。

驚いた弾みで、飴を嚙《か》み砕いてしまう。

「何するのよっ！　返して！」

砕けた飴を飲み込みながら慌てて手を伸ばしたが、ウィルフレッドはドロワーズをぽいっと遠くへ放り投げてしまった。

「あー！」

レイリアはドロワーズを追いかけてベッドから降りたかったが、両脚をウィルフレッドに摑まれてはそれも叶わない。

苦肉の策で、恨みを込めて睨みつけると、彼は眉を寄せた。

「うるさい。騒がないって言っただろ」

冷静にいなされ、レイリアは口ごもる。

「い、言ったけど……！」

確かに言ったけれど、こんなことをされるのは予想外だったのだ。

「身体検査なら、ここも確かめておかないと駄目だろ」

言って、ウィルフレッドはレイリアの両脚を左右に割り、秘められた場所を無遠慮に覗き込んできた。まるで子どものオムツ替えのような格好に、羞恥心《しゅうち》が湧き上がる。

「ちょっと待って。私のこと、犯人だと思っていないって言ったわよね？」

「単純なお前には無理だと言ったんだ」

何とか脚を閉じようと力を入れて早口で尋ねると、ウィルフレッドはしれっと答えた。

「だったら、どうしてこんなところまで調べられるの？」

絶対におかしい！　と主張するレイリアに、ウィルフレッドは馬鹿にするような視線を向けてきた。

「知らないのか？　捜査のための身体検査はみんなこうするんだ」

「本当に？」

捜査なんてものに関わったことのないレイリアは、彼の言葉を不審に思いながらも、そんなはずはないとも言い切れなかった。

「本当だ」

ウィルフレッドは真面目な顔で大きく頷く。続けて、ぽつりと何かを呟いた。

「まあ、窃盗の常習犯限定だけどな」

あまりにも小さい声だったのでレイリアには聞き取れなかった。

「え？　何？　聞こえなかったわ」

彼の声を聞こうと上半身を起こそうとするが、すぐに押し戻されてしまう。

「なんでもない。おとなしくしていろ」

ウィルフレッドはベッドに乗り上がると、抵抗するレイリアを力で押さえつけてきた。

そして身動きが取れなくなったレイリアの太ももを腹部につくくらい押し上げて、ぺろりと自分の指を舐めた。

ちらっと覗いた赤い舌がひどく淫猥《いんわい》に見えて、レイリアは鼓動が跳ねるのを感じる。

何をされるのかと身構えていると、ウィルフレッドの指が秘部に触れた。初めて他人に触れられたそこが、怯えるようにびくりと震える。

「いや……！」

レイリアの抵抗などお構いなしに、ウィルフレッドの指は何度も襞《ひだ》の間を往復した。ぬるぬるとした感触が彼の唾液だと思うと、なんだか居た堪れなくなる。

やがて、指の動きがぐるぐると円を描くように変わると、その後すぐに鈍い痛みが背筋を駆け抜けた。

「……痛っ！」

声を上げた途端、指の動きが止まった。

「狭過《せま》ぎるな」

なぜかウィルフレッドも痛みを感じたかのように短く言って、詰めていたらしい息を吐き出した。

襞から指を離したウィルフレッドは、何かを考えるように顎に手を当てた。そしておもむろに上半身を前に倒し、腕でレイリアの両脚を固定する。

「何……？」

彼の行動の意図が分からず、レイリアは眉を顰めた。その次の瞬間、秘部にぬるりとした感触がして全身が跳ねた。

ウィルフレッドの顔がレイリアの股の間にある。それを見て、ぬるりとしたものは彼の舌だと気がついた。

「やっ……！　なんでそんなこと……！」

さすがにこんなことは受け入れられない。

腰を引いてウィルフレッドから離れようとしたが、両脚をがっちりと摑まれているのでほんの少ししか動けなかった。

その僅かな距離もすぐに引き戻され、下から上へと何度も舐め上げられる。ウィルフレッドの舌が往復する度に、じりじりとした熱が発生して、ゆっくりと全身に広がっていく。

湿った感触がくすぐったいような、むず痒《がゆ》いような、今まで感じたことのないおかしな感じだ。

肘をついて上半身を起こそうとしたのに、焼けるような熱が脳まで侵食して、体の力が抜けてしまった。

「ど、して……？」

なぜこんなことをするのか。

初めての感覚に戸惑いながら、レイリアは必死にウィルフレッドに問いかける。すると彼は、顔を上げずに答えた。

「閉じてるから開こうとしてるんだろ」

「閉じてるなら、中に何か入れるのは無理よ」

だからもうやめて、とレイリアは懇願《こんがん》する。しかしウィルフレッドはやめなかった。

「奥に何かあるかもしれないだろ」

言いながら、膣《ちつ》の入り口付近で小刻みに舌先を動かす。

次第に、じわじわと内側から何かが溢れ出てきているような気がして腰を揺らした。

「効いてきたか……」

ウィルフレッドの小さな呟きが聞こえた。

何のことかと訊こうとすると、突然、ぬっと体内に何かが押し入ってきた。ウィルフレッドの舌だ。

「あ……！」

柔らかいそれは、浅い部分で出たり入ったりを繰り返している。

「んん……」

ウィルフレッドの舌がぬるぬるとした蜜を塗り込めるように膣を嬲《なぶ》った。出て行くと、蜜がたらりと臀部を伝ってシーツに流れ落ちる。

初めは驚きで何がなんだか分からなかったが、ぴりぴりとした痺《しび》れる感覚が徐々に大きくなっていき、堪えきれない声が漏れてしまう。

「……あ、ぁ……」

レイリアは手の甲で口を塞《ふさ》いだ。

自分のものではないような声が出るのが恥ずかしくて、ウィルフレッドに聞かれたくなかった。

舌の動きが激しくなるほど息が上がっていき、口を塞ぐ手に力が入っていく。甲に当たる自分の息が熱くて、その熱に犯されたように頭がくらくらする。

「中から出て来るこれは、俺の唾液じゃないよな？」

舌を動かすのを止めたウィルフレッドが、じっと秘部を見つめながら言った。ひくひくと収縮する秘唇にくっつきそうなほどの距離でじろじろと眺めている。

レイリアは一瞬にして顔に熱が集中するのを感じた。

「……知らない……！」

下腹部が熱くなっているのは認めるが、流れ出た液体が何かなんてレイリアに分かるはずがない。

自分でも見たことがない場所をウィルフレッドに凝視されているのが耐えられず、レイリアはバタバタと脚を動かして彼から逃れようとした。

「もういいでしょ！」

ウィルフレッドの腕から脚を抜き取りたいのに、膝から下が忙しなく動くだけで太もも部分は固定されたままびくともしない。

「まだだ。中を調べていない」

返された言葉に、レイリアは思わず勢いよく顔を上げて、下半身を拘束している男を直視してしまった。

目だけをこちらに向けたウィルフレッドは、驚愕するレイリアににやりと笑った。

「力を抜けよ」

「無理！」

即答したのに、それを無視して、ウィルフレッドはレイリアに見せつけるように人差し指を立てる。それがレイリアの視界から消えたと思った次の瞬間、ずるりと体内に何かが入ってくる感触がした。

「……っ！」

舌とは違って硬い。そのあまりの異物感にぎゅっと眉を寄せる。

「痛いか？」

なぜか喜びの滲む声で問われ、レイリアは彼を睨みながら答えた。

「痛い！」

「本当か？　さっきと比べると結構柔らかくなってるけどな」

首を傾げながら、ウィルフレッドは指を更に奥へと押し込んでいく。

異物の侵入を防ごうとレイリアの下腹部には力が入り、結果、太くて長い指の形が分かるくらいに、それをぎゅうぎゅうに締めつけることになっていた。

「力を入れるなって。傷がつくぞ」

そんなことを言われても無理だ。中にある指を意識すればするほど、強張ってしまうのだ。

ウィルフレッドの指が少しでも動くと、僅かだが痛みがある。

「……抜いてよ……」

懸命に深呼吸をし、その合間に絞《しぼ》り出した声は、思った以上に弱々しかった。

異物を排除しようと内壁が動く。するとウィルフレッドがその様子を言葉にした。

「入り口はきつく締めつけるくせに、奥のほうは柔らかく俺の指を誘い込んでるぞ。人体ってすごいな」

感心されても、レイリアにはちっともすごいとは思えない。

ウィルフレッドはきっと、押し出そうとする動きを誘い込むものと勘違いしているのだ。こんなにつらいのに、体が受け入れようとするはずがない。

「でも、このままじゃ動かしづらいな……」

ぽつりと独り言のように言って、ウィルフレッドは反対の手で秘部の上部を探った。

「……あっ……！」

びりっと弾かれるように体が痙攣し、「痛い」ときつく目を瞑った。

痛みとは違う未知の強烈な感覚に喉が反って、頭がシーツに擦りつけられる。詰めていた息を吐き出すと、途端に尋常ではないくらいに呼吸が荒くなった。

「いいぞ。動きやすくなった」

意識が膣内から秘芯に移ったせいか、ウィルフレッドの指が自由に動くようになっていた。長い指がぐるりと内部を撫で、ゆっくりと抽挿を開始する。

「……ん、やぁ……。それ、やだ……」

敏感な部分を刺激しながら中をかき回され、痛いのか気持ちが良いのか、様々な感覚がごちゃ混ぜになって訳が分からなくなった。

心と体がバラバラになっているような気分だ。初めての強過ぎる快感を受け入れることができない。

「嘘つけ。気持ち良いんだろ？」

ウィルフレッドの意地の悪さは、こんな時も変わらなかった。

「……んん、分からな……あ、あ……」

レイリアは嫌々と首を振る。本当に気持ち良いかどうかなんて分からないのだ。

脚がびくびくと痙攣するのも、甘い声が溢れ出るのも止められずにただ翻弄《ほんろう》されている。

「中には何もないな。もっと奥なのかもしれない」

それ以上奥になんて入るはずがないと思っていたら、ウィルフレッドはずるりと指を抜いた。だが、ほっとする暇もなくすぐにまた入ってくる。

先ほどよりも圧迫感があった。指が増えたのだ。その分、刺激が大きくなる。

「ない……何もない、から……ぁ……」

指を増やしてもないものは見つかるはずがない。ウィルフレッドもそれが分かっているはずだ。

「ああ。何も隠していないみたいだな」

覗き込むように秘められた場所を注視していたウィルフレッドは、顔を上げ、今度はレイリアの顔をじっと見つめた。

「じゃあ……早く、抜いてよ……！」

恨めしげに言って、力の入らない下半身を震わせながら懸命に腰を引く。

「嫌だ。今抜いたら、お前がつらいだけだろ」

レイリアから目を逸らさず、ウィルフレッドは指の動きを速くした。

「ふぁん、ん……つら…くない……からぁ……！」

抜いてくれたほうが楽になれるのに、与えられる刺激は強くなる一方だった。

ウィルフレッドは、レイリアが苦しむ顔を見て楽しんでいるのだ。だから、やめてと言うレイリアの懇願を一切聞いてくれない。

痛いくらいに鋭い刺激が、下腹部から一気に全身に広がっていった。ぐちゅぐちゅという激しい水音が聞こえるだけで、他には何も考えられなくなる。

「やだ……！　ああっ……ぁ怖いっ……ウィル……！」

今まさに自分を追い詰めている人間に助けを請うなんて馬鹿みたいだ。けれど彼以外に助けてくれる人はいない。

レイリアは必死に手を伸ばしてウィルフレッドの腕を掴んだ。すると、うっすらと口元に笑みを浮かべていたウィルフレッドの顔が一瞬歪む。

そして、どこか痛そうな表情でウィルフレッドがレイリアに言った。

「大丈夫だ。俺がいる。……俺が、ずっと一緒にいる」

噛み締めるような言い方だった。

こんな状況になっている元凶はウィルフレッドだというのに、その言葉になぜか安心してしまった。

――ウィルがいるなら……。

――大丈夫？　本当に？

すぐに我に返って自問自答しながらも、レイリアはウィルフレッドから目を離せなかった。

怖いのに、彼を見ているとそれが薄れるような気がする。

姉たちのせいで、レイリアは自分の意思とは関係なく、何をされてもウィルフレッドを受け入れる体にされてしまったらしい。

直後、耐えられないほどの強い刺激で気が遠くなりそうになった。

「ウィル……ウィル……ん、あぁぁ……っ！」

切ない悲鳴を上げながら、レイリアは全身をびくびくと痙攣させた。体が大きく跳ね、次いで小刻みに震え始める。

レイリアは目を閉じた。瞼《まぶた》の裏がちかちかする。

自分の体がおかしくなってしまった。そう思うと、震えるほど恐ろしい。

「もう……や……」

これ以上刺激を与えられたくなくて、レイリアはウィルフレッドの腕を摑んでいた手で、彼を押し返そうとした。

ウィルフレッドが離れてくれれば、普段の自分に戻れるような気がしたのだ。

「ああ、もういいだろう。身体検査は終わりだ。でも、睡眠薬所持の謎が解けないと完全な白とは言えない」

言いながら、ウィルフレッドは膣内からゆっくりと指を抜いた。異物感がなくなり、レイリアは安堵の溜め息を吐き出す。

白とか黒とか、今はどうでも良かった。敏感になっている体から離れてくれればそれでいい。もし先ほどの行為を続けられたら、自分が自分ではなくなっておかしなことを口走ってしまいそうだった。

荒い呼吸を整えながら、レイリアは瞼を持ち上げてウィルフレッドを見る。

「……他の人にも……こうやって、身体検査をするの？」

無意識に出て来た問いだった。

「は？　するわけないだろ、こんなこ……」

ウィルフレッドの言葉が不自然に途切れる。

彼がじっとレイリアを凝視してきて、その視線の強さに戸惑った。そして気がつく。

――涙……！

いつの間にか涙が溢れ出ていたらしく、こめかみから流れたそれが耳朶を伝ってシーツの上に落ちたのだ。

昔からウィルフレッドは、レイリアの涙を見る時はこんな顔になる。

以前の彼は、レイリアが涙を流すと、もっと泣かせようと冷たい言葉を浴びせてきたり、大量の虫が入った瓶を目の前で開けようとしたり、レイリアの分のお菓子を食べてしまったりした。

この二年でウィルフレッドの外見は成長したが、中身まで大人になったとは限らない。何かされるかもしれないと身構えつつ弁解した。

「これは汗だから！　冷や汗だから！　涙じゃないからね！」

その言葉は、ウィルフレッドの耳には届かなかったらしい。彼はがばっと勢いよく覆いかぶさり、その勢いのまま顔が近づいてくる。

——ぶつかるっ！

慌てて目を瞑った次の瞬間、唇を何かで塞がれた。

「んん……っ！」

反射的に目を開けると、ウィルフレッドの燃えるように熱い瞳が至近距離にあった。赤茶色のそれが、熱のせいか赤一色に見える。

ウィルフレッドにキスをされるのは初めてではないが、年を重ねるごとにその回数は減っていた。

以前までの言いなりのレイリアではないのだと示すために必死にウィルフレッドの肩を押すが、なぜかびくともしない。どんなに力を込めても引き剝がすことができなかった。

それならば、と顔を背けようとするが、すぐに顎をがしっと摑まれてどちらにも動かせなくなる。

角度を変えて重ねられる唇に、レイリアは頭がぼんやりとしてきた。

昔は唇を重ねるだけだった。ちゅっと音を立てて離れて終わるはずの行為が、なぜか長時間続けられ、少し開いたウィルフレッドの口にあむあむと食まれている。

ウィルフレッドの体温が高いのか、じりじりとした熱が彼の唇からレイリアの唇に伝染し、全身に広がっていく。先ほどのように追い立てられるような熱ではなく、じんわりと浸透していくような感じだ。

いつの間にかレイリアは、ウィルフレッドに身を委《ゆだ》ねていた。与えられる熱が心地良く、彼の肩を押していた手でぎゅっと服を摑んでいる。

恍惚とした表情で口づけをしていたウィルフレッドが、舌でちろりとレイリアの唇を舐めた。その感触にレイリアの体がびくりと小さく震えると同時に、眼球に溜まっていた涙がぽとりぽとりとこめかみを伝い流れた。

それを見たウィルフレッドは、かっと目を見開き、ぴたりと閉じていたレイリアの唇を舌で無理やりこじ開ける。彼の舌が強引にレイリアの舌に絡みついてきた。

「……んっ……！」

舌同士が擦れ合うという初めての感覚に驚き、レイリアの涙腺《るいせん》はますます緩んだ。くすぐったいのに、それだけではない。体の奥から何かが湧き出て、高熱に侵されている時のように頭がぐらぐらとした。

レイリアの瞳から涙が溢れ出すほど、ウィルフレッドの舌の動きが激しくなる。ガチガチと歯がぶつかるくらいにぴたりと唇を塞がれ、息ができなくなった。

「ん……ん……」

ウィルフレッドの肩を何度も叩いて抗議するが、彼の唇が離れることはない。

舌だけではなく、上顎や歯列まで舐め尽くされ、その間も僅かしか息継ぎを許されなかった。

苦しくて、レイリアの視界は真っ暗になる。そして、何かを考える余裕もなく、ふっと意識が途切れたのだった。

三章

　レイリアはぼんやりと天井を見つめていた。

　重い瞼を開けると、自分の部屋の白い簡素な天井ではなく、金色で縁取られた格子模様の豪華な天井が視界に広がっていたからだ。

　窓から朝日が差し込んでいるため、部屋の中は明るい。とは言っても、早朝の朧《おぼろ》げな光だ。

「ここ……」

　豪華な内装とは対照的に殺風景な室内を視線だけで確認し、レイリアはやっと自分の状況を把握することができた。

　昨夜、シルヴェストリ家のパーティーに出席したのだった。そこでウィルフレッドの宝石が盗まれたと聞かされて、なぜか身体検査をされたことを思い出す。そしてレイリアのスカートからなぜか睡眠薬が出て来て、更に調べられることになって……ウィルフレッドの寝室に連れて来られたのだった。

体内まで調べられるという辱めを受けた昨夜の行為のすべてを思い出し、レイリアはベッドの上を転げ回りたくなった。しかし、右にも左にも体が動かない。ウィルフレッドの腕がレイリアの腰にしっかりと巻きついて、寝返りさえ打てない状況なのである。仰向けの状態のまま一晩眠っていたらしい。

レイリアは首を動かし、すぐ横にあるウィルフレッドの顔を見た。眠っているのに、無駄に整っているのが憎らしい。

乱れてはいるが柔らかそうな髪が彼の綺麗な耳を隠している。髪と同じ金色の睫毛《まつげ》が、彼の呼吸に合わせて僅かに揺れた。くっきりとした二重瞼のせいで昔は女の子のようだったが、今はちゃんと男の顔をしている。嫌味なくらいに長い睫毛を見つめていたら、無性にその睫毛を根こそぎ引っこ抜いてやりたい衝動《しょうどう》に駆られた。

レイリアは自分が美人ではないことを知っている。レイリアの姉たちが美人揃《ぞろ》いだから、早いうちに自覚せざるを得なかったのだ。

レイリアは十人兄姉妹の末っ子で、兄が一人と姉が八人いる。姉たちは十人中十人が声を揃えて「美人」だと言う容姿をしている。

美人といっても、みんながみんな同じ容貌をしているわけではない。長女は妖艶《ようえん》な美人、次女は清楚な美人、三女は華やかな美人、四女はクールな美人……というように、それぞれが違った種類の美人なのである。そして、その中でたった一人男である兄も、美しいと形容される姿をしていた。

それなのにレイリアだけが『美人』に分類されない。

姉兄は長身で手足が長く、顔が小さい。そしてはっきりとした顔立ちをしていた。しかしレイリアは、背が低く、手足の長さは普通でちんまりとした印象だ。顔立ちも普通で、特徴を挙げるなら、目が大きいというくらいで他に特筆すべき点がなかった。

父は商人なので、取引のために各地を飛び回ったりすることもある。だから父が捨てられていた自分を拾ってきたのではないかと本気で思ったこともある。

なぜなら、レイリアは性格も姉たちに似ていなかったからだ。

自信に満ち溢れ、自分をどう魅せればいいのかを分かっていた姉たちは結婚先も引く手数多《あまた》で、全員が資産家や貴族の家など、裕福な家に嫁いだ。彼女たちは最初から玉の輿にのることしか考えておらず、そのための自分磨《みが》きに一生懸命だった。レイリアにはそんな野心も向上心もない。

兄のキーファは二十八歳になった今でも独身だが、優しくて仕事ができて容姿も優れている彼がモテないはずもなく、結婚を申し込んでくる女性は引きも切らない。

だが、レイリアにだけは結婚話は一切なく、告白すら一度もされたことがなかった。

姉たちからは『あひるのように可愛い』と、褒《ほ》めているのか貶《けな》しているのか分からないことを言われていた。キーファだけは『レイリアは世界一可愛い』と言って甘やかしてくれるが、身内の『可愛い』というのは一番信用できないものだ。

家族からのそんな言葉でレイリアは悟ったのだ。彼らの言う『可愛い』は少女に対するそれではなく、小動物的な可愛さなのだと。

現に、生まれてから今まで一度も『美人』と言われたことがない。美しいという賛辞《さんじ》は、すべて姉たちのものなのである。

そんな姉たちとウィルフレッドは通じるものがあった。レイリアにはないものを持っている。美貌と自信だ。

だから、この長い睫毛も憎らしく思える。全身の毛という毛がすべて抜け落ちてしまえばいいのに。

昨夜の恨みも上乗せされ、本気で呪いをかけたい気分になったが、その姿を想像して愕然とした。毛がなくても美人は美人のままだった。つるつるの頭すら美しく輝いて目が潰れそうだ。なんて不公平なのだろう。

がっくりと項垂《うなだ》れたレイリアは、ウィルフレッドに背を向けようとした。けれどやはり拘束されていて動けない。

ウィルフレッドの腕を腰からどけようと、シーツを剥いで彼の腕を摑む。

ウィルフレッドの腕が記憶のそれよりも太くてどきりとした。筋張っているため、腱《けん》がはっきりと浮き出ている。

よく見ると首もしっかりとしているし、胸板も厚くなった。体全体が一回り大きくなり、何よりも全身筋肉質になっている。

レイリアは自分の腕を見下ろした。ひょろりとしていて見るからに弱々しい。

そういえば、昨夜はウィルフレッドの腕の中から抜け出すことができなかった。こんなにも筋肉の差があるのだから、最初から彼から逃れることは不可能だったのだ。

会わない間に、ウィルフレッドは『男』になってしまった。

昨日の時点で彼が成長していることなんて分かっていたはずなのに、こうして実感してしまうと急に胸がざわざわし始めた。

なぜ気がつかなかったのだろう。部屋は変わっていないのに、部屋の主にはしっかりとした変化があったのだ。乱暴な口調も横暴なところもキスをして嫌がらせをしてくるところも以前のままなのに。

……いや、キスは進化していた。

前は唇を合わせるだけだったのに、昨夜は舌まで使ってきた。最初はぎこちなかったのに、少しすると舌が口腔を縦横無尽に動き回るようになり、訳の分からない感覚に襲われたレイリアは全身の力が抜けた。口から体内の力を吸い取られた気分だった。

その上、最初は入り口付近で動いていたウィルフレッドの舌がどんどん奥に入ってきて、ぴたりと唇を塞がれた。開いた口を塞がれると、閉じて塞がれた時よりも呼吸がしづらい。そのせいで息が吸えなくなり、レイリアは気絶してしまったのだ。

気絶するまでが一揃えの嫌がらせだったのだろう。そう考えると、彼の意地の悪さも確実に激化しているということだ。

レイリアは、恨めしい気持ちでウィルフレッドの薄い唇をぎゅっと抓《つね》った。

「……ん……」

一瞬、彼の形のいい眉が動いたが、すぐに規則正しい寝息が聞こえてくる。抓っても起きないなんて、よほど深い眠りなのだろうか。

いつもこれくらい穏やかな顔をしていてくれれば、レイリアの苦手意識も薄れるのに。口を開かず、馬鹿にしたような目を向けてこず、嫌がらせをしてこなければ、レイリアも自ら喜んでウィルフレッドに近づいていくだろう。

とはいえ、それらを全部とってしまったらウィルフレッドではない気もする。

もし紳士のウィルフレッドが目の前に現れたら……と想像し、レイリアはぶるりと身震いをした。

「ないわ。ないない」

ぷるぷると首を振って、想像の中のにこやかで気持ち悪いウィルフレッドを追い払う。

その途端、きゅるる〜と盛大にお腹が鳴った。

その音で、レイリアは自分が猛烈に空腹を感じていることに気がついた。

そういえば、夕べはウィルフレッドのせいでパーティーの料理をゆっくりと堪能できなかった。いつもの夕飯の十分の一も食べていない。たくさん食べないと、レイリアの体は活動能力が著しく低下してしまうのだ。気分的に。

とにかくお腹が空いた。今すぐ何かを胃に入れなければ動けなくなってしまうこと間違いなしだ。その時。

「……んん？」

微かに食べ物の匂いがする。そんな心躍る匂いになぜ今まで気がつかなかったのだろう。空腹を感じた途端に鼻の機能が獣並みになったからだろうと結論づけ、レイリアは腰にまとわりついているウィルフレッドの腕を力任せに引き剥がした。今のレイリアにとっては食べ物が最優先なので気を使うなんてことはできない。拘束していた腕が宙に浮いた瞬間、素早く転がりベッドを降りる。直後、ウィルフレッドの腕がぽんと音を立ててシーツに落ちた。

ウィルフレッドの瞼が開かないのを確認し、レイリアはくんくんと匂いを嗅ぎながら寝室を出た。

寝室の向こうは、ウィルフレッドの私室だ。部屋のほぼ中央にあるテーブルに、クロッシュがいくつも並んでいる。正確には、クロッシュを被せられた大皿が何枚もあった。昨夜ここに来た時にはなかったものだ。

いそいそとテーブルに近づいたレイリアは、おいしそうな匂いが強くなるのを感じた。一番手前にあったクロッシュを持ち上げてみると、中には牛肉の煮込みが皿いっぱいにのせられている。

歓喜したレイリアは、他のクロッシュもすべて取った。豆の甘露煮《かんろに》、鶏の丸焼き、木の実と野菜のスープ、芋のチーズ焼きがそれぞれの皿に盛られている。デザートには料理長特製の焼き菓子やパイが何種類もあった。

昨日のパーティーに出ていた料理ではない。すべてレイリアの好物だった。

レイリアの好物を把握している料理長が作ってくれたのだろうことは分かっているが、このタイミングでこんな料理にありつけるなんて天からの恵みかもしれない、と本気で思った。

「いただきます！」

レイリアはソファーに座り、テーブルの端に置いてあった二セットのナイフとフォークのうちの一セットを手に取って、まずは鶏の丸焼きにナイフを刺した。一口サイズに切ったそれをフォークで口の中に放り込む。

「おいしい～」

残念ながら冷めてしまっているが、丸焼きの中に詰め込まれた香草の香りが効いていて、熱々でなくてもとてもおいしい。もりもりと丸焼きの半分まで食べてから、レイリアは慌ててナイフを置いた。

つい欲望のままに肉を食べ進めてしまったが、空きっ腹にはまずスープのほうが良かったかもしれないと思ったのだ。すでに鶏の半分は食べてしまったので今更だが、木の実と野菜たっぷりのスープを急いで胃の中に流し込んだ。

スープもあっさり塩味で美味だ。好きな味つけに唸りながら、レイリアはせっせと料理をたいらげていく。

そしてあらかたたいらげ、種類豊富なデザートに手を伸ばした時、突然、バンッ！　と大きな音が部屋に響いた。

驚いて一瞬ソファーから体が浮き上がる。何事かと音のしたほうを見ると、全開にした扉に手を置いたウィルフレッドが、ぎらぎらとした目でレイリアを睨んでいた。

「急にいなくなるな！」

珍しく焦った様子のウィルフレッドに、レイリアはきょとんとしてしまった。

「いなくなってないけど？」

ちゃんとここにいるではないか。と首を傾げながら、レイリアは焼き菓子を取って口に運んだ。

料理長の特製お菓子の味はまったく変わっていない。さくさくとしていて濃厚だ。

レイリアは残っているデザートを次から次へと口に入れていく。どれもこれもおいしい。おいし過ぎて止まらない。

「……うまいか？」

はあ～と長い溜め息を吐き出した後、ウィルフレッドは低く呻いた。レイリアは口いっぱいにお菓子を頬張りながら何度も頷く。

するとウィルフレッドは、自分の髪の毛に手を突っ込んで何やらブツブツと呟いた。しばらくして再び小さく溜め息を吐き出し、レイリアに近づいて来た。

「それ、二人分なんだぞ」

レイリアのすぐ脇に立ったウィルフレッドは、空になった皿を呆れ顔で覗き込んだ。

ナイフとフォークが二セットあったので、それは分かっていた。でも食べてしまったものは仕方ないと思う。

それよりも、ここに料理があるのを知っていたということは、これらはウィルフレッドが手配してくれていたということか。

そこまで考えて、レイリアは「あ」と声を上げた。

「もしかして、昨日料理長が言っていた特別料理ってこれのこと？」

「ああ。予定が狂って昨夜のうちに食えなかったけどな」

あっさりと頷いたウィルフレッドを見て、レイリアの顔に笑みが零れる。

「全部私の好きなものだったってことは、これって私のための料理よね？　ウィルも良いところがあるのね」

「良いところしかないだろう」

レイリアがウィルフレッドを素直に褒めるなんて、ここ数年の間で一度もない。それなのに彼は至極真面目な顔で言った。

その自信はいったいどこから来るのか。姉たちといい、ウィルフレッドといい、自他共に認める美貌の持ち主は自信に上限がない。

何と返していいのか分からず、レイリアはテーブルに用意されていた最後の料理であるパイを摑んだ。

これがレイリアだけでなくウィルフレッドのためにも用意されたものなら、最後の一切れくらいは彼に食べさせなければいけないのだろう。

「ウィルも食べたかった？」

聞きながらも、レイリアはそれを放さない。大好きなので最後に残しておいたパイだ。どうしても渡したくなかった。

「……食いたかった」

パイの行方を目で追っていたウィルフレッドがぼそりと呟く。レイリアはふふんと彼を見た。食べたくてももうレイリアの手の中だ。

いつも意地悪をされている仕返しだ。という気持ちでニヤニヤと笑っていると、ウィルフレッドが唐突にレイリアの腕をがしっと摑んだ。

「……っ！」

目を見開いている間に、ウィルフレッドが素早くパイに齧りついた。

「あーっ！」

ウィルフレッドが得意気にパイを嚙み砕いて飲み込むのを見て、レイリアは悲痛な叫び声を上げる。

「ひどい！　最後のパイだったのに！」

「ひどいのはどっちだよ。俺の分も全部食ったくせに」

それを言われてしまうと、何も言い返せない。何の断りもなくすべて食べてしまったことは悪いと思っているが、大好きなパイを奪ったことは許しがたい。レイリアは下唇を突き出してぷんっとそっぽを向いた。

食べ物の恨みは恐ろしいのだ。以前もウィルフレッドはレイリアが楽しみにしていたごちそうを食べてしまった。

そしてまた今日も、ウィルフレッドがレイリアから食料を奪った。これはレイリアにとって何よりも許しがたい行為である。もう二度と口をきくものか、と心に決めた。

「……ひどい顔だな。お前にそんな顔をされても面白いだけだぞ。それより俺はまだ眠いんだ……寝るぞ」

レイリアの怒りは伝わっているはずなのに、ウィルフレッドは欠伸《あくび》混じりにそう言って、レイリアの脇腹を摑んだ。

脇腹はレイリアの弱点だ。くすぐったくて、顰《しか》めていた顔が緩む。

しかしパイを食べられた怒りは収まらず、腹立ちまぎれにウィルフレッドの手を振り払おうとしたが、その前に体が勢いよく持ち上げられた。そして彼の肩に担がれる。

食後でぷっくりと膨らんだ腹部が硬い肩の上にのり、全体重がそこに集中した圧迫感で食べた料理が全部口から出そうになった。

「ぐっ……！」

レイリアは自分の口を両手で塞ぎ、逆流を何とか押し留める。食べ物を吐き出すなんて、何があってもしたくない。もったいない。

ウィルフレッドは気遣うこともなくそのまま寝室へと戻り、無造作にレイリアをベッドに投げた。ベッドの上でレイリアの体が弾む。

満腹なのに腹部を圧迫されて落とされて浮遊感を味わわされれば、誰だって気持ちが悪くなるだろう。

昨夜といい今といい、この男はレイリアのことを荷物だと思っているのか。

憮然としてウィルフレッドに視線を向けると、彼は眠そうに目を擦りながらレイリアの隣で横になった。そして大雑把にバサッと二人の体にシーツをかける。

「寝ろ」

子どもを寝かしつけるようにウィルフレッドはポンポンとレイリアの肩を叩いた。

「どうして一緒に寝なきゃいけないのよ？」

起き上がろうとしたが、肩に置かれたウィルフレッドの手がレイリアの体をベッドに押さえつけた。力を入れているようには見えないのに、肩がベッドから離れない。

「お前はまだ潔白じゃないだろう。だから、俺の目の届く範囲にいてもらう」

ウィルフレッドはレイリアの顔を覗き込みながら言った。視線が鋭い。

おとなしく身体検査も受けたというのに、身に覚えのない睡眠薬だけでそんなふうに言われるなんて納得できなかった。レイリアは彼を睨み返す。

「睡眠薬なんてものは初めて見たのよ。私は宝石泥棒でもその共犯者でもないの。窃盗事件にはこれっぽっちも関わっていないわ」

身の潔白を大きな声で強く主張すると、ウィルフレッドはうるさそうに目を閉じた。

「分かった分かった。そこまで言うなら、一緒に犯人探しをするか。そのほうが俺もお前から目を離さずに済むしな。協力して捜査をするんだから、犯人が見つかるまではここにいてもらうぞ」

結局帰れないのは一緒ではないか。レイリアは不満を抱いたが、犯人扱いされるよりはまだマシかもしれないと渋々自分を納得させる。ここで拒否をすれば、宝石泥棒として突き出すと言い始めそうなのは目に見えているのだ。

「……分かったわ」

さっさと犯人を見つけて家に帰る。そう決意し、レイリアは嫌々頷いた。するとウィルフレッドは偉そうににやりと笑った。

「分かればいいんだ」

言い終わると、ウィルフレッドは瞼を閉じた。数秒もしないうちに、寝息が聞こえてくる。

ウィルフレッドは寝ることが好きだ。東屋《あずまや》で本を読んでいた時やサロンでおやつを食べ終わった後など、じっとしていると彼は眠ってしまうことが多い。

レイリアの一番は食べることだが、ウィルフレッドの一番は寝ることだ。

好きなことを邪魔する気はない。レイリアは溜め息を吐き出し、諦めて目を閉じた。

❀ ❀ ❀

ウィルフレッドは、すっきりした気分で目を覚ました。こんなにも良い気分で起きるのは久しぶりた。

特にこの一年は不眠症で、睡眠薬に頼らざるを得ない状態だったため、毎日重い頭を抱えて起きていた。薬を飲まなくてもぐっすりと眠れたのは、ほぼ一年ぶりだ。

ウィルフレッドは、腕の中にいるレイリアを見て小さく微笑んだ。

寝ている間に無意識にレイリアを抱き締めていたらしい。彼女の体がすっぽりと腕の中に収まっている。ふわふわとした暗めの赤い髪が、ウィルフレッドの頬をくすぐった。

レイリアはもぐもぐと口を動かしていた。夢の中でも食べているのか。彼女の食欲は底なしだ。

「……ん……ウィル……パイ……許さない……」

一瞬ウィルフレッドの名前が出て来てどきりとしたが、ギリギリと歯軋りをしながら許さないと言われた。パイを奪ったことを根に持っているらしい。

ウィルフレッドは、再びもぐもぐし始めたレイリアの口に何かを突っ込んだらどういう反応をするのかが気になり、指で彼女の唇を割った。すると、赤子のようにちゅうっと指の先端を吸ってきた。ゆっくりと上下の歯が動いたのに気がつき、食べ物と間違われて噛まれないうちにさっと引き抜く。

食べ物が口から消えたと思ったのか、レイリアは悲しそうな顔になった。

無防備なのは相変わらずだ。寝顔はあどけなく、この百面相を見ているとまるで昔に戻ったように思える。

二年経って外見はとても女性らしくなったというのに、他は何も変わっていない。宝石のように綺麗な青い瞳で真っすぐにウィルフレッドを見る目も、嫌がる顔も。

ただ、少しだけ反抗的になった気はする。気が強いのは変わらないが、以前はもっと素直にウィルフレッドの言うことを聞いていた。とは言っても、何でも顔に出るので嫌々言うことを聞いていたのは分かっていたが。

姉たちが全員嫁いだおかげで、自己主張ができるようになったのだろうか。レイリアは彼女たちのいいように操られていた感があるので、それはそれで良いことだと思う。

操られていたのはレイリアだけでなく、ウィルフレッドとキーファも同じだったけれど。

それでも、何も考えずに一緒にいられたあの頃が懐かしい。

この二年、両家が絶縁状態だった間も、こっそりと訪ねていけば会える状態だった。レイリアに会うのを控えていたのは、自分に対して、とある不安があったからだ。

二年前から薄々と感じていたその不安は、この一年で大きく膨れ上がった。いつでもどこでも眠れる体質だった自分が不眠症になんて陥ったのはそのせいだ。

それでも、レイリアに再会したら自分の想いにけりをつけようと決めていた。

その前に大切な宝石が盗まれてしまったので、計画は完全に延期になってしまったが……。大切なものだからと、パーティーの間、自分の部屋ではなく宝物庫に一時的に移動させたことが仇《あだ》となった。

こんなことになるなら、ポケットが膨らむことを気にせずに肌身離さずに持ち歩いていれば良かった。

レイリアが到着したと報告があったから急いで取りに行った時には、すでに盗まれた後だったのだ。

……いや、もしかしたら、盗まれて良かったのかもしれない。

目に見えぬ力が働いて、ウィルフレッドに『レイリアを諦めろ』と言っているのかもしれないのだ。

――リアを諦める？

今更、そんなことができるのだろうか。

――けれどきっと、そのほうがリアにとっては幸せなんだろうな。

ウィルフレッドは、壊れ物を抱き締めるように、腕の中の少女を優しく包み込んだ。

四章

レイリアは、いつもより遅い時間に目が覚めた。部屋に差し込む日の光の角度からしてもう昼近くになっているだろう。

子どもの頃にキーファや姉たちと寝ていた時と同じような、安心する温もりに包まれていたせいか、ぐっすりと寝入っていたらしい。

「起きたか」

キーファだろうかと一瞬思うが、続けられた言葉ですぐに違うと気づく。

「アホ面で寝てたぞ。夢の中でも何か食ってただろう」

こんなことを言うのは、ウィルフレッドくらいだ。

レイリアはうっすらと開けていた瞼を全開にし、声のしたほうに顔を向けた。寝起きとは思えないほど爽やかな顔でウィルフレッドがこちらを見ている。

レイリアの横に寝そべっている彼は、肘を立てて頬杖をついていた。彼の背後にある窓から日が差しているため、柔らかな金髪がキラキラと光って、寝起きの目には非常に眩しい。

――あー……そうだった。ウィルの気の抜けた顔を見ながら二度寝しちゃったんだわ……。

「よく眠れただろう。ありがたく思え」

ウィルフレッドはふふんと笑った。

確かに、くやしいことによく眠れた。眉間にしわを寄せて頷いたレイリアに、ウィルフレッドはふっと目元を和らげる。

「俺もだ」

――それなら、ウィルも私に感謝するべきだわ。

目線でそう返し、レイリアは起き上がろうと腹部に力を入れた。その途端、きゅるる～とお腹が鳴り、軽く眩暈がする。

「……お腹が減った……」

力なく声を発すると、ウィルフレッドが呆れ顔になった。

「第一声がそれか」

色気がないな。と文句を言いながら、ウィルフレッドはベッドから降りた。そして足早に隣室へ行きすぐに戻って来た。手に何かを持っている。

「ほら、これに着替えろ」

放られたそれは、レイリアの普段着だった。

「これ、私の服よね？　どうして私の服がここにあるの？」

ここにあるはずのないものが突然出てきたために、それが自分の服であるのか何度も確認してしまった。床には靴まで置いてある。

「今朝、お前の家に取りに行かせたからだ」

ウィルフレッドはさも当然のように答えながら自分も着替え始めた。何の躊躇もなく着ていた服を脱ぎ捨て、糊《のり》のきいたシャツに腕を通す。

レイリアのお気に入りの服を持って来てくれたということは、アンが用意してくれたものに違いない。長年ジョアンビル家で使用人をしているアンは、レイリアのことを分かってくれているので本当に頼りになる。

レイリアはウィルフレッドが着替えるのを横目で見ながら、肩からシーツを被ってドレスを脱ぎ始める。ドレスは窮屈《きゅうくつ》なので、早く脱ぎたかったからだ。

兄がいるレイリアは、男性の裸なんて珍しくも何ともない。それに、兄がレイリアの着替えをよく手伝ってくれていたからか、今でも彼の前で脱ぐことに抵抗はない。だから、もう一人の兄のような存在のウィルフレッドの前で着替えることにも戸惑いはなかった。

それでも一応シーツの中で着替えているのだから、多少の恥じらいはあるのだ。

ドレスを素早く脱いで普段着を頭から被るようにして着たレイリアは、ドレスを丁寧《ていねい》に畳みながら、これを着てよく寝られたものだ……と思った。

コルセットなしでも綺麗にラインが出るドレスだったから良かったものの、コルセットでギチギチに締めつけられたまま寝ていたら呼吸困難に陥っていただろう。普段着に着替えたら解放感で満たされた。

ドレスを抱えてベッドから降りると、ブーツの紐《ひも》を結び終わったウィルフレッドが何かを思い出したようにレイリアのほうを見た。

「そうだ。一応伝えておく。お前の父親は昨夜のパーティーで知り合った客と意気投合したらしく、昨夜のうちに国の外れにあるその客の屋敷へ発ったそうだ。早急に契約したいとか何とかで」

「仕事が早いわね」

レイリアは父の俊敏《しゅんびん》さに驚きながらも、父らしいとも思った。

父のモットーは『迅速に誠実に』で、軽快なフットワークで顧客のもとへ向かい、丁寧な仕事をして長期契約を取るというのが得意技なのである。その教えをしっかりと受け継いでいるのがキーファで、彼は数日前から出張中だ。

「俺たちもさっさと犯人を捕まえないとな」

言いながらウィルフレッドは隣室へ向かい、机の上にあった書類に目を通し始めた。レイリアも彼を追うようにして寝室を出て、一言断ってクローゼットを開けると、そこに昨夜のドレスを掛けた。とりあえずの保管場所だ。

「よし。外に昼飯を食いに行くぞ」

クローゼットを閉めると、書類から顔を上げたウィルフレッドが唐突に言った。

「え？　外？」

今日もブノワの料理を食べられると期待していたのに、彼は外に行くと言う。

「いいからついて来い」

上着を抱えたウィルフレッドは、すでに扉の前にいた。レイリアも慌ててそちらへ向かう。

そのままウィルフレッドに先導され、玄関に到着すると、すでにシルヴェストリ家の高級な馬車が用意されていた。

それから、乗り心地のよい馬車に揺られて連れて来られたのは、上流階級の人たち御用《ごよう》達《たし》の高級料理店だった。

一見して、建物の造りが一般のそれとは違うのが分かる。壁にはこれでもかというくらいに精巧《せいこう》な細工が施されてあり、扉も普通のものよりも大きく頑丈《がんじょう》そうだ。

「ちょっと待って。ここで食事をするの？」

レイリアが今着ているのは、実家で自由気ままに過ごす時に着るような普段使いのドレスだ。これで中に入れる気がしない。

怖気《おじけ》づくレイリアに、ウィルフレッドは気軽に言った。

「大丈夫だ。ここはそんなに堅苦しいところじゃない。お前の父親もキーファもよく来てるらしいぞ」

そう言って、彼はレイリアの腰に手を当てて歩くように促した。

父やキーファがここに来るのは、貴族との商談に使うからだろう。高級志向の姉たちならともかく、仕事から帰って来ると必ずアンの手料理を食べたがる彼らが、こんなところを私的に利用するとは思えない。

ビクビクしながら建物に近づくと、控えていた従業員がにこやかに扉を開いてくれた。

ウィルフレッドにぐっと背中を押されて仕方なく中へ入る。

「あら、ウィルフレッド様」

入ってすぐに、誰かがウィルフレッドの名を呼んだ。その甘く甲高い声にウィルフレッドが足を止める。

彼の体越しに覗き見ると、綺麗な金髪をくるくると巻いた美女が嬉しそうにウィルフレッドの腕に手を置いたところだった。

「昨夜のパーティーは素晴らしかったですわ。お招きいただいて光栄でした。でも、ウィルフレッド様は初めに顔を出されてからは会場にいらっしゃらなかったので、とても残念でしたの。体調でもお悪かったのですか？」

ウィルフレッドが口を開く前に女性は言った。どうやら昨夜のパーティーの出席者らしい。

妖艶に首を傾げた彼女は、レイリアのことは目に入っていないようで、真っすぐにウィルフレッドを見つめている。潤んだ垂れ目が艶やかさを倍増させていた。

そういえば、この女性の声はどこかで聞いたことがあるような気がするが思い出せない。父の取引先のお嬢様だろうか。

「これはどうも、ハンナ様。昨夜は予定外のことがありましてね。それにかかりきりになっていたのですよ。きちんとご挨拶できず申し訳ない」

答えたウィルフレッドは、上品な笑みを浮かべた。声も普段より高めだ。

「そうだったのですね。昨夜はウィルフレッド様とお話しできなくてとても悲しかったけれど、今こうしてお顔を見られて嬉しいわ。こんなふうに偶然お会いできるなんて、私たち縁がありますのね」

うふふ……とハンナと呼ばれた女性が嬉しそうに笑うと、ウィルフレッドも何も言わずに微笑んだ。

ウィルフレッドは、レイリアやキーファ以外の人間と話す時はとても優しげな顔になる。その柔らかな微笑みは、決してレイリアに向けられないものだ。

更に、ハンナの後ろにある大きな花瓶の花々が美しい背景になっていて、美男美女の微

笑み合う姿はなかなかいい絵になっている。

レイリアがウィルフレッドの隣に立っても、せいぜいご主人様と侍女にしか見えないだろう。

現に、ハンナがウィルフレッドの陰にいたレイリアに気がつくと、下々の者を見るような目つきになった。彼女の視線が爪先から頭の天辺までゆっくりと移っていき、美しい眉間に僅かなしわが刻まれる。

「ウィルフレッド様、そちらの方は？」

ウィルフレッドの腕にしな垂れかかるようにしながら、ハンナは尋ねた。するとウィルフレッドは、レイリアの腰にするりと腕を回す。

「私の連れです」

まったく紹介になっていないが、ウィルフレッドはそれ以上言わなかった。

俺様の連れだが、何か文句が？

レイリアには彼がそう言っているように聞こえた。

ウィルフレッドは機嫌が悪くなると口数が多くなる。しかしそれはレイリアにだけで、他の人に対しては逆に喋らなくなるのだ。余計なことは言わないが、目で多くのことを語る。それをすぐに読み取れる相手ならいいが、読み取ってくれない相手だと最後には笑顔のまま沈黙を貫くこともあるから厄介《やっかい》だ。

「そうですの……。使用人の方をこのような料理店に招待されるなんて、ウィルフレッド様はお優しいのですね。偶然お会いできたのだからお食事をご一緒にと思いましたのに残念ですわ。それでは、またの機会にということにいたしましょう」

次は逃がさない。というニュアンスを込め、ハンナはにっこりと笑みを深めた。そしてウィルフレッドの腕にぎゅっと豊満な胸を押しつけてから去っていった。

従業員とともに店の奥へと向かったハンナの後ろ姿が見えなくなってから、ウィルフレッドはチッと舌打ちをした。しかし、すぐによそ行きの顔に戻り、別の従業員に個室へ案内するように言う。

店の中は広々としていて、利用客がゆったりと寛《くつろ》げるようにとの配慮だろう、ひとつひとつのテーブルの距離が遠い。大衆食堂ではテーブルがぎゅうぎゅうに詰め込まれ、気をつけなければ隣のテーブルの人とぶつかってしまうというのに、ここは空間を非常に贅沢に利用していた。

レイリアは、居心地が悪いことはこの際無視して、もう二度と来られないであろう場所を堪能しようと頭を切り替えた。目立たないように目だけを動かしてキョロキョロと店内を眺める。

そうして案内されている中、窓際で食事をしていた男女がウィルフレッドを見て慌てたように立ち上がった。男女が近づいて来ると、ウィルフレッドは貴族らしい上品な笑みを浮かべる。

「ウィルフレッド様、昨夜はご招待ありがとうございます」

年配の男性がウィルフレッドに頭を下げた。その隣で男性の娘らしい女性も同じように頭を下げたが、彼女は仕事の話をし始めた父親に関心を向けることなく、うっとりとウィルフレッドを見つめている。

レイリアは彼らの邪魔にならない位置に下がった。

この親子も貴族なのだろう。服装が上等だ。それに比べて自分は……と先ほど使用人と言われたこともあり引け目を感じてしまう。

男性の話が終わると、ウィルフレッドは再びレイリアの腰を抱いて、待っていた従業員を促した。

別れ際にちらりと親子を見ると、父親はウィルフレッドに頭を下げていたが、娘のほうは嫉妬《しっと》も露《あらわ》にレイリアを睨んでいた。

完全にとばっちりだ。

レイリアはこんな場違いな場所には来たくなかったし、ウィルフレッドに腰を抱かれているのだって手を叩いて外したいくらいなのである。彼の体面を考えてしないだけなのだ。

「こちらでございます」

階段をのぼって更に奥へ進み、重厚な扉の前で従業員は立ち止まる。扉を開けてもらい中に入ると、そこは随分とゆったりした部屋だった。大きなテーブルが中央にあり、風景の描かれた絵画が飾ってある壁際にはサイドボードがある。

二脚ある座り心地の良さそうな椅子に近づくと、使用人を制したウィルフレッドが椅子を引いて座らせてくれた。レイリアの顔が引きつる。初めて彼に淑女の扱いを受けたからだ。

驚いているレイリアに構うことなく、ウィルフレッドは従業員に大量の料理を注文した。彼はレイリアの胃袋の大きさを知っているのだ。

教育が行き届いているのだろう、従業員は二人分には多すぎるその量にも表情を変えることなく「かしこまりました」と頷いて退室した。

「さっきの不躾《ぶしつけ》な女はライナルディ公爵の娘だ。その後の親子はベレンセ男爵とその娘」

従業員がいなくなった途端、いつもの低音でウィルフレッドが言った。

「そんなこと訊いてないけど？」

レイリアは目を瞬く。淑女扱いされて強張っていた顔をやっと動かすことができた。

「やつらは昨日のパーティーの招待客だ。もしかしたら犯人かもしれないだろう」

「ああ、そういうことね」

ウィルフレッドの言葉にレイリアは頷く。急に何を言い出すのかと思ったが、犯人の可能性がある人たちを把握しておけということなのだろう。

「報告書に、公爵令嬢と男爵の名前もあったんだ」

「報告書？」

何のことかとレイリアが首を傾げると、ウィルフレッドは説明してくれた。

「側近に昨夜の目撃情報を集めさせた。と言っても、昨日の今日だから、うちの使用人たちぐらいにしか聞けなかったが。それで、宝石が盗まれたと思われる時間帯の前後にパーティー会場以外の場所で目撃されていた人物が何人かいた。その中の二人が公爵令嬢と男爵だ」

「へえ……」

先ほど着替えた後でウィルフレッドが読んでいた書類がその報告書だったのかもしれない。一晩で聴取をしてリストを作るなんて、シルヴェストリ家の使用人たちは有能だ。

側近の仕事の速さに感心していたところで、レイリアはふと思い当たった。

「もしかして、その数人に私も含まれてる？」

訊くと、ウィルフレッドはあっさりと頷いた。

「ああ。会場近くの化粧室付近で見たと書かれてあった」

「それなら私は容疑者から外れるわよね。宝物庫とは反対側にいたんだもの」

胸を撫で下ろすレイリアに、ウィルフレッドは呆れたように目を細めた。

「そんなのアリバイにはならないぞ。この屋敷を知り尽くしているお前なら、使用人たちに見つからないように宝物庫に行けるはずだ。目撃情報の前に盗んで、素知らぬ顔で会場付近に戻って来たのかもしれない。お前が宝物庫に行っていないと証明してくれる人間はいるか？」

「いないわ」

畳み掛けるように言われてレイリアはむっとする。それを見て、ウィルフレッドは少しだけ残念そうな顔をした後、小さく笑った。

「さすがにこんなことじゃ泣かなくなったな」

「ウィルに鍛えられたから」

下唇を突き出して恨めしげに言えば、ウィルフレッドは「確かにあれは失敗だったな」と呟いた。

彼はひどく後悔しているような顔をしているが、きっと、レイリアがウィルフレッドの攻撃を受け過ぎて強くなってしまったことを嘆いているのだ。

レイリアは不機嫌な顔のまま、頬杖をついた。

「そもそも、ウィルが宝石を盗まれたと知ったのはいつなの？」

訊くと、彼は思い出すように左上に視線を向ける。

「パーティー会場に再入場する前だ。盗難現場を確認して、使用人たちに指示を出して、会場に戻ったら挙動不審なお前がいた。あやしいだろう？　会場に来る前に盗んでいてもおかしくないよな？」

「盗んでないって言ってるでしょう」

レイリアの下唇が更に前に出る。するとウィルフレッドは満足そうに笑い、悪びれることなく言った。

「お前の反応が面白いから追い詰めてるだけだ。以前のように嫌そうな顔で素直に言うことを聞くのも面白かったが、反抗的に噛みついてくるのもなかなかいい」

以前のウィルフレッドはレイリアが嫌な顔をするのを楽しんでいた節があったが、今は言い返されるのも楽しいらしい。レイリアをわざと怒らせてその反応を面白がっているのが本当に腹が立つ。

そんな話をしていたら、扉がノックされてたくさんの大皿料理が運ばれてきた。

鹿《しか》肉の串焼き、魚介類がたくさん入ったブイヤベース、ラザーニュ、キッシュ、小魚のマリネ、兎肉のワイン煮、ひよこ豆とキャベツのスープ、イチジクのタルト……と豪華な料理の数々が従業員によって手際よくテーブルに並べられていく。

すべての料理を並べ終えたところで、ウィルフレッドは従業員を下がらせた。

再び、個室は二人だけになる。レイリアはよだれが出そうになるのを我慢しながらウィルフレッドを見た。

高級料理店でのマナーというものをレイリアは知らない。だからウィルフレッドの真似《まね》をしようと思ったのだ。

「食うぞ」

短く言って、ウィルフレッドはスプーンを摑んでブイヤベースに手をつけた。無言で料理をたいらげていくその姿は、特別なことをするでもなく普段どおりの食事風景だ。

レイリアは安心してナイフとフォークを握った。そしてキッシュの三分の二を自分の取り皿に移動させ、大口を開けて齧りつく。

「おいしい〜」

玉ねぎの甘みと玉子の濃厚さが絶妙だ。

一口目を胃に流し込んだら、もう止まらなかった。串焼きを豪快《ごうかい》に噛み千切り、柔らかく煮込まれたワイン煮をスプーンとフォークで次々に口に入れていく。

ふとウィルフレッドを見ると、面白そうに笑っていた。意地悪な笑顔ではなく、妙に優しい表情なので、背中がむずむずするような気分になる。

「相変わらずの食いっぷりだな」

その表情のままウィルフレッドは言った。

レイリアは頰が膨らむほど口の中がいっぱいだったので、もぐもぐと咀嚼しながら「悪い？」と目線で返す。すると彼は、「リスか」と声を上げて笑った。

ウィルフレッドがこんなふうに笑うのを久しぶりに見た。優しかった頃の彼に戻ったようで、なんだか嬉しくなった。

そして小魚のマリネを堪能しラザーニュにナイフを入れたところでふと視線を下に向けると、いつの間にかレイリアの皿に豆が何粒も置いてあることに気がついた。

ラザーニュに入っていたらしいそれは、丁寧にひとつずつ取り出されたものらしい。

「好き嫌いは治らないのね」

残ったキッシュをぱくぱくと口に運んでいるウィルフレッドを横目で見ると、彼は素知《そし》らぬ顔で言った。

「何のことだ？」

ほとんどの料理をレイリアと取り合うように食べていたのに、ウィルフレッドはひよこ豆のスープにだけは一切手をつけていない。それなのにあくまでも豆類が嫌いなことは認めないらしい。子どもみたいだ。

伯爵家の嫡男が会食の席でこんなことをしていたら恥になるだろうに。注意しておいたほうがいいのだろうか、とおさななじみとしてのお節介が頭をもたげる。でもそもそも彼が恥をかこうがレイリアには関係ない。むしろ恥をかけばいいのだ。

レイリアは豆も好きなのでありがたくいただく。そうして料理を綺麗にたいらげ、ぽっこりと出たお腹を擦りながら宝石泥棒のことを考えた。

早く犯人を捕まえないと実家に帰れない。それは困るが、こんなふうにおいしいご飯を毎日食べられるなら悪くないと思ってしまった。

――ううん。食べ物につられちゃ駄目よ。このままウィルと一緒にいたら、次はどんな意地悪をされるか分からないもの。

夕べのことははっきりと覚えている。秘部を弄《もてあそ》ばれたり、訳の分からない刺激を与えられたり、息を奪われるという嫌がらせをされた。それで失神までしたのだ。ひどい嫌がらせではないか。

――早く犯人の見当をつけないと……。

そこまで考えて、レイリアは気がついた。盗まれた時の話は散々しているのに、宝石の形状を知らないことに。

レイリアは、ねえ……と切り出した。

「盗まれた宝石はどういうものなの？　形とか色とか種類とか」

今更そんなことを訊くのかと馬鹿にされるかもしれないと警戒していたが、食事に満足したらしいウィルフレッドは機嫌よく説明してくれた。

「石はサファイアだ。青くて形はこんな感じで……」

指で形作って教えてくれるが、それだけだとまったくぴんとこない。レイリアは部屋の端にあるサイドボードから紙とペンとインクを持ってきた。

きっと、この個室は商談などで使うことが多いのだろう。筆記用具の類が一通り揃っていた。

「絵に描いてよ。そのほうが分かりやすいわ」

「…………」

紙とペンとインクをウィルフレッドの前に置くと、彼は嫌そうな顔をした。

「どうしたの？　早く描いてよ」

急かすレイリアをちらりと見た後、ウィルフレッドは渋々といった様子で羽ペンを握る。

そしてペン先にインクをつけてさらさらと絵を描き始めた。

しばらくして、目の前にすっと差し出された紙を見下ろし、レイリアは首を傾げる。

「なんでかぼちゃを描いたの？」

「宝石だ」

ウィルフレッドは拗《す》ねたようにそっぽを向いてしまった。

楕《だ》円のような線の中に直線が数本入っていて、上にぴょんぴょんと何かが生えている絵を眺め、レイリアは昔のことを思い出した。

そういえば、ウィルフレッドは昔から絵の才能だけはまったくなかった。

かくれんぼでウィルフレッドをどうしても見つけられないと文句を言った時、一度、自分の隠れ場所を絵に描いてくれたことがあった。けれど何が描かれてあるのかさっぱり分からず、結局彼を見つけることができなかったのだ。昨夜、その時の記憶をよみがえらせたばかりではないか。

あれ以来、彼はレイリアの前で絵を描いてくれなくなったのだった。

「昔よりはうまくなっただろ」

視線を逸らしたままウィルフレッドが言うので、レイリアはますます首を傾げる。

「なったのかしら……？　ねえ、他にも何か描いてよ。人物画とか。そのほうがうまくなったかどうか分かるから」

新しい紙をウィルフレッドの手元に滑らせた。

彼が手を動かそうとしなかったので「早く」と促す。すると渋々といった様子で紙にペンを滑らせ始めた。描いている姿だけは芸術家そのものである。

短時間で戻された紙を見下ろし、レイリアは悩んだ。

「……にんじん？」

考えた末に出て来た言葉に、ウィルフレッドが眉を寄せる。

「キーファだ」

予想外の答えだった。世間では美形で通っているキーファには似ても似つかないにんじんのような物体がそこにある。

「……他の人を描いてみて」

もしかしたら、二年会っていない間にキーファの顔が思い出せなくなってしまったのかもしれないと思い、更に新しい紙を差し出してみる。

キーファの時よりも早く戻された紙を見て、レイリアはまた見えたままを口にした。

「……毛玉？」

「リアだ」

「…………」

もはや黙るしかなかった。

嫌がらせでないのは彼の顔を見れば分かる。分かるが……目の前にいる人物を見て描いたというのに、なぜこうなるのだろう。

うまくなったとは到底言えず、レイリアは僅かに頬を引きつらせて言った。

「暗号に使えそうよね」

レイリアが今言える精一杯の褒め言葉だった。

『下手くそ』と本音を言ってしまうと、少しはうまくなっていると信じているウィルフレッドがかわいそうだ。かわいそうだと思うくらいに下手なのだ。レイリアなりの気遣いである。

しかしそこでふと、この幼児の落書きのようなこれらの絵が頭の隅に引っかかった。最近どこかで見たような気がしたのだ。

けれど、こんなに絵心のない知り合いは他にはいない。気のせいだろうと思い、ウィルフレッドに視線を戻すと、彼はじとっとした目でこちらを見ていた。

「芸術センスがないのは母親譲りだ」

言って、ウィルフレッドは羽ペンを投げ出した。もう描かないぞという意思表示だろう。

それよりも、ウィルフレッドの口から母親という単語が出てきたのに驚いた。

彼の母親は、一年ほど前に他界している。絶縁状態だったジョアンビル家は誰一人として葬儀に参列できなかったが、後で一家揃って墓参りをした。

凛《りん》として華やかで貴族然としていた印象の彼女は、最後は精神的に参ってガリガリに痩《や》せてしまっていたと人伝に聞いた。いったい何があったのかは分からないが、突然の死だったことは間違いない。パーティーで見た彼の父親も、二年前に比べてすっかり細くなってしまっていた。

そんな両親とウィルフレッドは、もともとお互いに関わりを持たないようにしているように見えた。彼の両親は貴族としての矜持を保つことに専念し過ぎて、一人息子のことにまったく関心がなかったのだ。

そのせいか、ウィルフレッドから両親の話を聞くこともほとんどなかった。だから彼も両親に何の興味も関心もないのだと思っていたのだがどうやら違ったようだ。レイリアは、彼の母親に芸術センスがないなんて初めて知った。

「そろそろ出るか」

絵を描いた紙をぐしゃっと握り潰し、ウィルフレッドは席を立った。レイリアは彼が扉へ向かっている間に、その紙をポケットに忍ばせる。本人がいないところでなら遠慮なく笑えるので、後でこっそりとキーファと一緒に見ようと思ったのだ。面と向かっては勝てないのだから、それくらい許して欲しい。

個室から出ると、従業員がにこやかに見送ってくれた。店の中は入ってきた時と客が変わっていて、ウィルフレッドに声をかけてきた二組の姿もなくなっていた。そんなに長い間食べていたのだろうか。確かに量は人並み以上だったが、おいしくて時間の経過を忘れてしまっていた。

出入り口付近まで来た時、前から人が歩いて来るのに気づく。その人物を見て、レイリアは声を上げた。

「あ、キーファ！」

レイリアの声で、キーファの青い瞳がこちらに向けられた。キーファはレイリアと同じ暗めの赤い髪を後ろへと撫でつけ、仕立ての良い服を着ていた。仕事の時の格好なので、商談か何かで来店したのだろう。

噂をすれば何とやらだ。彼の顔を見て、先ほどのウィルフレッドの絵を思い出してしまい、レイリアは笑いをぐっと堪える。

「やあ。ウィル、昨日はパーティーに出席できなくてすまなかった。さっきこちらに戻って来たところなんだ。……それよりお前たち、仲良くやっているか？」

挨拶もそこそこに、キーファはレイリアとウィルフレッドの仲を心配した。ウィルフレッドがレイリアを泣かそうとあれこれしていたのを知っているからだ。

「関係は非常に良好だ。キーファはデートか？　と訊きたいところだが、その格好だと商談か？」

ウィルフレッドが平然とした顔で嘘をつく。本当は脅迫者とその被害者なのだから、良好なわけがない。

キーファは、顔を顰めるレイリアに苦笑しながら首を振った。

「デートする相手なんていないよ。お察しのとおり、これからここで顧客と会う予定なんだ」

「帰って来てすぐに次の仕事なんて大変だな。さすが商会の稼ぎ頭。キーファが商会の仕事をするようになってから、売り上げが跳ね上がったともっぱらの噂だぞ」

ウィルフレッドはそう言いながら、なぜか得意気な顔をした。兄のように慕うキーファが活躍していることが嬉しいのかもしれない。

「そんなことはないさ。父さんに商才があったんだよ。あ、父さんと言えば……」

ふと何かを思い出したように、キーファはレイリアに視線を移した。

「昨夜急に商談に旅立つことになったって家に置き手紙があったけど、リアは見たか？」

キーファの報告に、レイリアは否定すればいいのか肯定すればいいのか迷う。

「見ていないけど、ウィルから聞いて知っているわ」

変な言い回しだっただろうか。キーファが不思議そうな顔をする。

「家に帰っていないのか？」

「……ええ」

頷けば理由を訊かれると分かっているが、嘘もつきたくなくてレイリアはぎこちなく頷いた。

「もしかして、ずっとウィルと一緒だったのか？　……そういう関係になったとか？」

恐る恐るという感じで訊かれ、レイリアは力の限り否定しようと口を開いた。しかし。

「レイリアは俺の婚約者見習いになった。うちの父は作法に厳しいからな。婚約者にふさわしいかを確認するため、うちにしばらく滞在することになっている」

レイリアよりも先に言葉を発したのはウィルフレッドだった。また嘘をスラスラと並べ立てる彼を見て、レイリアは開いた口が塞がらなくなった。

「それは……おめでとう？」

キーファが目を丸くしてレイリアとウィルフレッドを交互に見た。両家からも本人たちからも婚約なんていう話は今まで一度も出たことがないのだ。驚くのも無理はない。

「婚約者見習いって……」

話が飛躍し過ぎだ。容疑者のレイリアから目を離さないようにという説明をしなかっただけありがたいが、だからと言って、シルヴェストリ家に滞在するのがそんな理由だなんて、犯人が見つかった後はどう説明するつもりだろうか。相性が合わなかったから婚約者にはできなかったとでも言うつもりかもしれない。

「ええと……私、先に出てるわね」

これ以上キーファに嘘を重ねたくない。

レイリアはぼろを出さないためにも、さっさと退散することにした。ウィルフレッドはまだキーファに話があるらしく、『外で待っていろ』と言うように顎をくいっと上げた。

「……手紙は無事に……」

背後でウィルフレッドがキーファに何か話し始めていたが、レイリアは逃げるようにして店の外に出た。

扉から少し離れ、ふうっと息を吐いてから大きく吸い込む。空気がおいしい。

レイリアは正直者のため、ウィルフレッドのようにさらりと嘘は吐けないし平然としてはいられない。

敬愛する兄に嘘を吐くことになってしまったことが心苦しかった。

早くこの場を立ち去りたい。キーファに対する後ろめたさが消えるわけではないが、彼から離れればそれが薄らぐような気がした。

レイリアは左右を見回し、どちらへ足を向けるべきか考えた。

シルヴェストリ家の馬車が待機しているのは、この長い階段を下りたところだ。階段の両脇には木が等間隔に植えられていて、なかなか素敵な景観である。

店に来るには目の前にある長い階段をのぼるか、脇にある緩やかなスロープを行くかの二択だ。小高い場所にあるこの店の左右は急な坂になっていて、馬車をここに待機させるのは危険なため、店の前まで主人を送った御者は馬車を坂の下に待機させるのだという。

レイリアは、最短距離で馬車まで行ける階段を選択した。裾の長いドレスを着ている女性は男性のエスコートがないとこの階段を下りるのは少々危険だが、今レイリアは着慣れたドレスを着ているのでまったく問題がない。いつものとおり、スカートを摘み一歩足を踏み出した。だがその時、突然背中に衝撃を感じてふわりと体が宙に浮いた。

「え……？」

あっと思った時には、ありえない角度で階段を見ていた。こんなふうに前のめりになって階段を下りるのは非常に危険だ。自殺行為である。

レイリアは慌てて体を捻った。そして咄嗟に目に入った手すりに手を伸ばす。

しかしそれを摑むことは叶わず、体が吸い込まれるように落下し始めた。

「あ……！」

こんなに長い階段を下まで転げ落ちたら、骨折だけでは済まないかもしれない。

レイリアは諦めずに手を伸ばし続けた。すると、階段に突き出すように伸びた枝が視界に入ってきた。

幸運にも今度はしっかりと枝を掴むことができた。全体重を片手にかけることになり、ぐんっと腕を引っ張られる。枝で手のひらが擦れたが、必死だったため痛みは感じない。すぐに、足の裏がしっかりと地を踏んだ。

二の足を踏ん張って体勢を立て直したレイリアは、素早く階段の上を見る。しかしそこには誰もいなかった。

――背中を押された気がしたけど、気のせいだった……？

呆然と見上げていると、店からウィルフレッドが出て来た。

「どうしたんだ？」

訝しげにこちらを見るウィルフレッドに今あったことを正直に話そうか迷ったが、レイリアの気のせいかもしれないことをおおごとにはしたくなかった。

「……足を踏み外しちゃった。食べ過ぎてお腹が重たくって」

えへへ……と笑うレイリアに、ウィルフレッドは僅かに首を傾げながらもすぐに馬鹿にしたように笑った。

「腹が出てバランスがとれなかったんだな。お前、本当に食い過ぎだよ。前から思ってたけど、あんなに食ってよく太らないよな」

「栄養はすべて頭にいってるのよ」

いつものようにぽんっと言葉が出てきてほっとする。ウィルフレッドは何の疑問も持たずに呆れ顔を向けてきた。

「はいはい。燃費が悪い頭だな」

「うるさい」

「さあ、帰るぞ」

ウィルフレッドが手を差し伸べてくれた。

普段どおりのやりとりをしていると、先ほどのことはやっぱり気のせいだったのだと思えてくる。考えても仕方がないことだと思い、ウィルフレッドの手を掴んだ。

❀❀❀

「ねえ、やっぱり客室は用意してくれないの？」

寝る準備を整えたレイリアが、不満そうにベッドに入っている。その隣に身を横たえたウィルフレッドは、彼女が起き上がろうとするのを片手で押さえつけた。

まったく恥じらうこともなくウィルフレッドの前で夜着に着替え、「寝る部屋に案内して」と彼女が言うので、担いで自分のベッドに連れ込んだのだ。

ウィルフレッドのベッドが彼女の寝る場所だ。他を用意する気なんてまったくない。

「リア、あ〜ん」

唇を尖らせていたレイリアだが、その言葉と同時に口をぱかっと開けた。大きく開いた口の中に飴を放り込むと、途端に不満顔が笑顔に変わる。

ウィルフレッドはこの笑顔が見たいがために、今まで何度もこうして飴を与えてきた。泣き顔が見たい時は酸っぱい飴を放り込む。酸っぱいものがあまり得意でないレイリアは涙目になるが、食べ物を粗末にしない彼女は決して口から出そうとはしない。最後まで我慢して舐めている姿がたまらないのだ。

甘い飴を嬉しそうにころころと転がしているレイリアに、ウィルフレッドは言い聞かせるように言った。

「いくら協力態勢をとっていようと、犯人が見つかるまでは俺はお前から目を離さない。だからここで寝ろ」

ウィルフレッドはレイリアが犯人だと思っているわけではないし、共犯者だと疑っているわけでもない。ただ一緒にいて欲しいからこんなふうに脅しているだけだ。

そんなウィルフレッドの気持ちにちっとも気づかないレイリアは、頬をぷっくりと膨らませて不満を露にした。笑ったり怒ったり忙しいが、そんな素直なところをウィルフレッドは気に入っている。

「はいはい。私の身はまだ潔白ではないですからね」

彼女はそう言いながら、くるりと寝返りを打ってウィルフレッドに背を向ける。その小さな体に、ウィルフレッドは無意識に手を伸ばしていた。

腰を抱き寄せ、レイリアの背中に自分の胸板を押しつける。そして彼女の耳元で囁《ささや》くように言った。

「お前は俺の婚約者見習いだろう」

レイリアが身じろぎした。緊張したように固まっているのは、昨夜と同じことをされると思っているからだろうか。それとも、薬が効いてきたからか。

顔が見えないせいで、レイリアがどんな表情をしているのか分からない。

ウィルフレッドは、白くて綺麗な項《うなじ》に軽く噛みついた。直後、ガリッと飴を噛み砕いた鈍い音が耳に届く。

「……っ！」

声にならない声を上げて、レイリアが首だけで振り向いた。

驚いたような表情だが、頬がうっすらと赤く染まっているので、不快ではなかったのだと判断する。

「なんだ？　感じたのか？」

にやりと笑って問うと、彼女は眉間にしわを寄せた。

「噛み千切られるかと思っただけよ。ウィルならやりそうだもの」

刺々しい言い方に、ウィルフレッドは心外だという顔をしてみせる。

「お前に怪我をさせたことなんてないだろう」

「でも、嫌がらせはするじゃない。今のもそうなんでしょ」

すぐさま言い返したレイリアは、ぷいっとそっぽを向いてしまった。

レイリアの顔が見えないことが気に食わない……いや、レイリアの目が自分に向けられていないことが面白くなくて、ウィルフレッドはぐいっと彼女の顎を掴んでこちらへ向けた。

首だけで振り向く体勢が苦しいのか、レイリアの顔が苦痛に歪む。

ぞくりとした。今、レイリアの表情を崩しているのが自分だと思うと、鳥肌が立つような愉悦《ゆえつ》がせり上がってくる。

たまらなくなって、ウィルフレッドはレイリアの唇に噛みついた。

「ふがっ……！」

色気のない声がレイリアの口から漏れる。

大きく見開かれた彼女の目をしっかりと見つめ返しながら、ウィルフレッドは彼女の口内に舌をねじ込んだ。

口の中に飴はすでになく、甘い味だけが残っていた。それに、少し熱い。やはり薬が効いてきているようだ。

先ほどレイリアに舐めさせた飴に、微量の媚薬を仕込んだのだ。卑怯《ひきょう》だと分かっているが、身体検査という理由をつけずにレイリアに触れるためには仕方がない。彼女に本気で拒絶されたら、ウィルフレッドは二度と浮上できないほどに落ち込んでしまうからだ。わざと人の嫌がることをする人種は、一様に打たれ弱いものなのだ。

最後までする気はない。ほんの少し、レイリアを感じたいだけだった。

舌同士が触れ合う感触に肩を震わせたレイリアが、ぎゅっときつく瞼を閉じた。

唇を重ねるだけだった昔とまったく違う反応に、ウィルフレッドの心は満たされる。

レイリアに色気を期待したことはなかったが、昨夜の乱れ具合には理性の糸が切れそうになって危なかった。彼女が気絶してくれて本当に助かった……が、残念だと思う気持ちもある。

もっともっとレイリアを泣かせたい。

いつもにこにこしている彼女が泣くのはウィルフレッドの前だけだと知っているから、余計に表情が崩れたところが見たくなるのだ。

ウィルフレッドにだけ弱みを見せるレイリアが悪い、と思うのは勝手だろうか。

子どもだった頃のウィルフレッドは、唇を重ねるキスしか知らなかった。レイリアは嫌そうだったが、彼女の涙を見るとしたくなるのだから仕方がない。

一時期はそんな自分の性癖に戸惑ったこともあったが、レイリアにだけ反応するのだと気がついてからは開き直ることができた。

それでも、年頃になってからはキスをするだけで下半身に熱が集まってしまうようになったので、自重するようになった。

子どものように無邪気なレイリアにそれ以上するのは考えられなかったし、もしレイリアに嫌われたらと考えると怖かった。それに、本能のままに手を出してしまっていたら、レイリアの父親やキーファが黙ってはいなかっただろう。

普段は穏やかで優しいキーファだが、怒ると鬼のようになる。ウィルフレッドがこの世で一番怖いのは、レイリアに嫌われることとキーファを怒らせることだ。

だからずっと我慢していたのに……。

ちゅるちゅると音を立ててレイリアの舌を吸うと、彼女の瞼が開いた。

無理な体勢でつらいせいか、快感のせいなのか、レイリアの瞳がうっすらと濡れている。

それを見た瞬間、ウィルフレッドは白旗を揚げた。

——駄目だ。やっぱり俺は……レイリアが欲しい。

レイリアの肩を摑んでこちらに引き倒し、キスをしたまま彼女を組み敷いた。

「あっ……ウィ……」

何か言おうとしたレイリアの言葉を唇と舌で奪う。

彼女がウィルフレッドを本気で拒否することができないのは知っていた。姉たちにそう言われているからだと聞いたことがある。

今まで散々体を触ったりキスをしたりしてきたが、それらは本能の赴くままの行動だけでなく、姉たちに洗脳された彼女がどこまで許してくれるのかを量るという計算もあった。

結果、レイリアはどんなことをされてもウィルフレッドを拒むことができないと分かった。

昨夜の行為も、脅されていたとはいえ、逃げようと思えば逃げられたはずだ。本気で拒絶されたら、ウィルフレッドは手が出せないのだから。しかしウィルフレッドを殴ることもせず、ほんの少しの抵抗をしただけで結局は受け入れた。

レイリアに拒絶されないために万が一の保険として、昨夜の飴にも今日と同じくらいの媚薬を仕込んであったが、きっとまったく気がついていないだろう。

——俺は、ずるい男だ。

自分の覚悟も固まっていないくせに、レイリアが拒絶できないのをいいことに好き勝手に彼女に触れる。

——たとえリアを不幸にすることになっても……手放せない。手放したほうがリアのためだと分かっているのに……。

ごめんな、と心の中で呟き、ウィルフレッドは彼女の舌をきつく吸い上げた。

レイリアの大きな瞳から、綺麗な涙が流れ落ちた。涙を目にしたウィルフレッドがどうなるのかを身に染みて知っている彼女は、再びぎゅっと目を閉じて体を硬くする。

ウィルフレッドはわざと下半身をレイリアの太ももに擦りつけた。すると、レイリアの体がびくりと跳ねた。興奮の証に気がついたらしい。

慌てたようにウィルフレッドの体を押し返そうとするが、そんな可愛らしい抵抗は簡単に封じられる。

レイリアの細い両腕をベッドに縫いつけ、彼女の両脚の間に自分の体をねじ込んだ。こうすれば、急所を殴られたり蹴られたりしない。

角度を変え、もっと深くレイリアの口腔を貪る。根元まで舌先から吸い上げた後、上顎をちろちろと舐めると、彼女の体から力が抜けた。

「……んっ……ぁ……」

重なった唇の隙間から、レイリアの甘い声が漏れる。

微量の媚薬効果があるとはいえ、ウィルフレッドの与える刺激でレイリアが感じている。

そう思うだけで、ウィルフレッドの分身が更に硬くなった。

レイリアにキスをして、太ももに猛《たけ》りを擦りつけているだけで、すぐにでも達してしまいそうだ。

それほど興奮している。

自分の下で乱れるレイリアを何度想像しただろうか。妄想では数え切れないほど彼女を抱いた。けれど、想像と実物ではまったく違った。

本物のレイリアのほうが、何百倍も興奮する。

ウィルフレッドはレイリアの腕を放した。力の抜けている彼女は、腕の拘束が解けたことにも気づかずに小さく体を震わせている。

目を瞑ってぷるぷると震える姿に、嗜虐心《しぎゃく》がくすぐられた。

レイリアの胸をがっと鷲摑《わしづか》みにしても、キスに意識が集中しているのか抵抗はない。

手の中にぴたりと収まるレイリアの胸は、夜着の下に何もつけていないのかふにゃふにゃとしている。

身体検査と言って少しだけ触ったが、この二年間での彼女の体の成長は著しく、ふっくらと丸みを帯び、女性らしくなった。

柔らかな胸を夢中になって揉《も》んでいると、手のひらに小さく硬いものが触れた。胸の突起が自己主張しているのだ。

僅かに抵抗する素振りを見せたレイリアをしっかりと押さえつけ、ウィルフレッドは急いで夜着を捲り上げて、レイリアの胸に直接触れた。すると、乳房の中心で指が引っかかった。

やはり間違いない。レイリアは感じて胸の頂を尖らせている。

それをきゅっと摘んでから、指の腹でそろりと撫でてみた。

「あぁ……!」

レイリアの喘《あえ》ぎ声が脳内にこだまする。

「……んぅ……」

頬を染めて苦しそうに眉を寄せるレイリアの顔と甘い声に、ウィルフレッドの欲望が爆発しそうになったが、何とかそれを堪える。

自主練習で鍛えてきたのに、まだ挿れてもいないうちに射精したら大恥だ。

昨夜はもっとすごいことをしたが、初めて触れるレイリアの秘部に夢中になり過ぎて自分のことなんてすっかり忘れてしまっていた。

しかし一度意識してしまうともう駄目だ。分身が痛いほどに張り詰めている。すぐにでも突き入れたいという欲望が抑えられなくなっていた。

――いきなり挿《い》れるのはまずいよな。

処女のレイリアに何の準備もなく突っ込めば、彼女をひどく傷つけてしまう。それに、初めては気持ちが通じ合ってからにしたい。

たとえ媚薬のせいだとしても、レイリアがキスに反応してくれるのは姉たちの洗脳のせいだけでなく、ウィルフレッドを受け入れてくれているからだ。レイリアは嫌なことは嫌だとはっきりと表情に出るからそう言い切れた。けれど、彼女にはその認識がないのだ。

だったら……と、ウィルフレッドはズボンと下着を下にずらし、猛りを取り出した。そして、レイリアから顔を離して、ぼんやりとしている彼女の両脚を持ち上げて一まとめにする。

レイリアの脚の間に分身を押し込むと、柔らかでありながら適度に引き締まった太ももでぐりぐりと擦った。

自分の手以外のもので屹立を刺激するのは初めてで、温かくて柔らかな太ももに挟まれる感触にすぐに夢中になった。

「ウィル……？」

何が起きているのか理解できていないのか、レイリアが怪訝そうな顔でウィルフレッドを見た。

目が合った瞬間、これはレイリアを相手にした自慰行為だと気がつく。気恥ずかしさと申し訳なさがいっぺんに襲ってきて後ろめたい気分になるが、だからと言って止められる状態ではなかった。

ウィルフレッドは慌ててレイリアの胸を両手で包み込んだ。そして突起を押し潰す。

「あ、んん……」

気持ち良さそうな声を上げ、レイリアは目を閉じた。

突起をころころと指で転がすと、彼女の脚が震えた。ウィルフレッドのものを挟む力が強くなる。

レイリアが感じればウィルフレッドも気持ちが良い。

無意識のうちに、ウィルフレッドは自身の屹立をレイリアの秘部に擦りつけていた。太

ももとドロワーズ越しの秘部に擦れたそれは、嬉しそうに先端からとろとろと雫を溢れさせる。

その雫なのか、レイリアの愛液なのかは分からないが、ドロワーズが濡れて色を変えた。うっすらと見える割れ目に、ウィルフレッドの興奮は高まる。

まるでそこに挿れているかのような錯覚《さっかく》に襲われ、ウィルフレッドは腰の動きを速くした。ぐりぐりと秘部に擦りつけているせいか、レイリアの喘ぎ声も大きくなっていく。

「……っ……リア……俺、もう……！」

息も絶え絶えに宣言すると、レイリアは小刻みに何度も首を振った。

きっと訳が分かっていないのだろうことは見て取れるが、ウィルフレッドはレイリアの割れ目の上部にある敏感な突起に屹立を強く押しつけて擦り続けた。

「あっ……ああん……んん………」

レイリアの腰が揺れる。それは彼女も快感を得ている証拠だ。

お互いに快感を与え合い、同時に上り詰めていく。なんて素晴らしいことだろう。

限界が近づき、ウィルフレッドはぶるりと身震いをした。するとレイリアは、ぐぐっと脚に力を入れて背を仰け反らせる。

彼女の脚がびくびくと痙攣するのを感じ、ウィルフレッドは勢いよく欲望を放った。

たっぷりと吐き出された白い粘液《ねんえき》で、レイリアの脚や腹部が汚れる。その光景に、ウィルフレッドは恍惚の溜め息を吐いた。

「リア……」

ウィルフレッドはベッドに手をつくと、レイリアに顔を寄せる。そして、荒い呼吸を繰り返す彼女の口を塞ぎ、舌を絡ませた。

「んぅっ……」

苦しそうな声に、ウィルフレッドの分身が再び硬さを取り戻しそうになる。

これ以上はまずい。理性が飛んで無理やり突っ込んでしまいそうだ。

ウィルフレッドは名残惜しさを感じつつも唇を離した。すると、レイリアがぼんやりとした瞳を向けてくる。

「……ルビー」

「ん？」

レイリアが何か言った。小さな呟きだったので聞き取れず、ウィルフレッドは彼女の口元に耳を近づけた。

「……興奮した時のウィルの目……ルビーみたいね……」

はあはあ……と肩で息をしながら、レイリアが呂律《ろれつ》の回らない舌で言った。

激しい運動をして空気を必要としていたレイリアの口を塞いでしまったからか、彼女は酸欠状態で意識が朦朧《もうろう》としているようだった。

自慰行為同然のことをしたウィルフレッドを責めるわけでもなく、無体を働いた相手の瞳を「綺麗……」と褒めてくる。媚薬で無理やり追い上げられて混乱しているからかもしれないがこれが彼女の本質なのだ。レイリアは何だかんだ文句を言いながらもウィルフレッドを受け入れ、許してくれる。

ウィルフレッドは優しくレイリアの頭を撫でた。

「俺の目がルビーなら、リアの目はブルーサファイアだな」

穏やかな口調で告げると、レイリアは僅かに頷いた。うとうととして瞼が閉じそうになっている。

多分彼女の耳には届かないだろうと思いながらも、ウィルフレッドは続けた。

「知ってるか？　ルビーとサファイアが同じ鉱物だって。俺たちもひとつの魂だったら良いのに……。そうすれば、何があっても離れられないだろ？」

そうだ。そうすれば、あの人たちのように気持ちが変わったり、離れ離れになったりすることもない。

そして――どんなことになっても、最後はまたひとつになれる。

「リア、俺はお前を幸せにできるのかな？」

思わず漏れてしまったウィルフレッドの不安は、寝息を立て始めたレイリアの耳をするりと撫でただけだった。

五章

昨夜もウィルフレッドに嫌がらせをされて気を失ってしまった。

まさか、ウィルフレッドの興奮の証を肌に押しつけられるとは……。

あんなことをされるとは思っていなかったので、驚愕のあまり気を失ってしまったのだ。

一生の不覚だ。

ウィルフレッドの嫌がらせは、日に日に過激になっている。

嫌だ嫌だと思うのに、流されてしまう自分にも嫌悪を覚えた。昔からキスされているせいか、不快感もなく、むしろ気持ちが良いから困る。

結局レイリアは、何だかんだ言ってもウィルフレッドのことを受け入れてしまうのだ。

それが姉たちの言いつけのせいか、自分の意思かは分からないが……。

ウィルフレッドのことは苦手だとは思うが、嫌いではない。傷ついた顔を見るのが嫌だから余計に本気で拒絶することができない。なんて厄介なのだろう。憂鬱《ゆううつ》だ。

それなのに寝起きの気分はとても良く、レイリアは今日も料理長が用意してくれた朝食の皿を次々と空《から》にしていった。

ウィルフレッドは滅多に食堂で食事をすることがないらしく、いつも私室に運んでもらっているようだ。だからレイリアも、彼と一緒に……というか、彼と並んで座り、取り合うように食事をしている。

最後のタルトを勝ち取ったレイリアは、それをよく噛んで飲み込み、両手を上げて喜びを表現した。そこへ、ノックの音が響く。

「やあ、おはよう」

入って来たのはキーファだった。

今日のキーファは仕事がないのだろう、髪を下ろしていた。髪を下ろすと随分若く見える彼は、昨日とは違い普段着なので年齢より更に若い印象となっている。

レイリアとウィルフレッドが朝の挨拶を返すと、キーファはにこにこと機嫌が良さそうに二人に歩み寄って来た。

「ここに来たのは二年ぶりなのに、みんな快く通してくれたよ。シルヴェストリ家の使用人は、相変わらず良い人たちばかりだね」

キーファを向かいのソファーに座らせ、ウィルフレッドは眉間にしわを寄せた。

「それは、お前が好かれているからだ。この二年、屋敷の女たちが『キーファ様は？』って俺に何度も訊いてきたものだ。会いたいなら会いに行けばいいって言ってもしつこく訊いてくるんだぞ。面倒くさい」

かなり面倒くさかったのか、ウィルフレッドは参ったと言うように肩を竦めた。

「じゃあ、これからはしょっちゅう来ようかな」

キーファは笑みを深めて言った。

優しいキーファは誰かに求められれば応えようとする。だからと言って女癖《おんなぐせ》が悪いわけではなく、みんなに平等に接するのだ。

「そうしてくれ。前みたいにとはいかなくても、ちょっとでも顔を出してくれればあいつらも満足だろうから」

ウィルフレッドも、今のキーファが以前ほど暇な時間がないのを知っているらしい。昨日彼が言っていたように、キーファはジョアンビル家の稼ぎ頭なので、父よりも忙しい身なのである。

「そうするよ」

頷いてから、キーファはテーブルにいくつも並べられた空の皿に視線を移し、そこからレイリアを見た。

「いっぱい食べさせてもらえて良かったな、リア」

にっこりと微笑む兄に、レイリアは満足だとお腹を擦ってみせる。

「ええ。ここの料理は素晴らしいわ。ただひとつ残念なのは、横取りしようとしてくる紳士的でない男がいることかしら」

「あのな、俺の三倍以上食ってるくせに横取りとか言うな」

「だって、私が大事に取っておいたものばかり狙ってくるじゃない。横取りでしょう」

「世の中そうそう甘くないことを教えてやってるんだ。後生大事に抱えているものほど横から掻《か》っ攫《さら》われるんだよ」

「そんなこと教えてくれなくてもいいわよ。ウィルが取らなければいいだけの話でしょう。あの時のごちそうだってウィルが奪わなければ……！」

話の流れから、ウィルフレッドに食べられてしまった世界一のごちそうのことを思い出し、レイリアは一瞬にして頭に血がのぼった。

そうだ。あの時、ウィルフレッドがレイリアのごちそうを奪わなければ、こんなにも彼のことを恨みはしなかったのに。

「あの時……？」

首を傾げるウィルフレッドの胸ぐらをレイリアはがっと掴む。

「ウィルが食べちゃった世界一のごちそうのことよ！　結局、どんな味だったかも教えてもらっていないわ！」

せめて味や形だけでも教えて欲しかったのに、ウィルフレッドが奇妙な反応をしたせいでそれ以上何も言えなくなったのだ。

「ああ……」

当時と同じように胸ぐらを摑まれて思い出したのか、ウィルフレッドは小さく頷いた。

「思い出した？　どんな料理でどんな味だったか細かく教えてよ！」

いまだに諦めきれないレイリアは、さっさと話せ、とウィルフレッドを揺さぶった。

迷惑そうに眉を寄せながら、ウィルフレッドは口を開いた。

「料理ってなんだ？　俺は何も食ってないぞ」

ウィルフレッドの言葉が信じられなかった。レイリアは目を見開いて、彼を揺さぶる力を大きくする。

「この期に及んでしらばっくれないでよ！　だって、世界一のごちそうはここにあるって言って、お腹に手を当ててたじゃない！　だから私、ウィルが食べちゃったんだって……！」

「それ、お前の思ってるようなものじゃないぞ？」

怒りのあまり、渾身の力を込めてウィルフレッドの首を絞めあげようとしていたレイリアは、彼の言葉にぴたりと動きを止めた。

「じゃあ何のことよ？」

ウィルフレッドの胸ぐらから手を放し、不信感丸出しで尋ねる。するとウィルフレッドは、なぜか足を組み換えた。長い脚を自慢するようなわざとらしい動作だ。

「分からないか？　そもそも、お前の姉たちはなんて言っていたんだ？　正確に思い出せ」

言われて、レイリアは記憶の糸を辿《たど》る。

「ええと……素直に言うことを聞けば、世界一のごちそう……。ごちそう……？」

「ごちそうから一旦離れろ」

「……そうね。えっとあの時の言葉は……『お姉ちゃんたちが言うことをおとなしく聞いていれば、世界一素敵なものがもらえるわよ』だったかな。それが欲しかったらウィルのところに行ってみろって言われて行ったら何もなくて……」

それを聞いたウィルフレッドは、ふふんっと偉そうに笑い、ふぁさっと髪をかき上げた。

「世界一素敵なものって言ったら、あるだろう、ここに」

あの時と同じように、ウィルフレッドは自分の腹部……いや、胸部に手を当てる。

彼はなぜ、今まで見たこともない格好つけた姿勢と顔で、キラキラとしたオーラを振り撒《ま》いているのだろう。

「……？」

意味が分からない。

きょとんとするレイリアに、ウィルフレッドは小さく溜め息を吐き、焦れたように言った。

「だから、世界一素敵なものっていうのは食い物じゃなくて……」

「なんだ！　食べ物じゃなかったのね！」

ウィルフレッドの言葉を遮り、レイリアは大きな声を上げた。

今までずっと、ウィルフレッドがごちそうを食べてしまったのだと思っていたが、彼はレイリアのごちそうを奪ったわけではなかったのだ。

それが分かり、レイリアの胸の中の重しがふっと消えた。

これまで、ウィルフレッドに世界一のごちそうを奪われたことがどうしても許せなかった。彼に何かされる度にその恨みが頭を過《よぎ》り、言うことを聞きながらも嫌な気持ちは顔に出てしまっていた。

あの時までウィルフレッドのことは嫌いではなく、むしろ気の合うおさななじみとして好意を抱いていたので、奪われたことがとてもとてもショックだったのだ。愛情が憎しみに変わる、という言葉があるが、ある意味それと同じだ。好きだった分、裏切られたことが許せずに恨みに変わった。

それが、誤解だと分かった。

ずっと脳内にこびりついていた蟠《わだかま》りがなくなり、レイリアにとってのウィルフレッドが、世界一のごちそうを奪った悪者から、ちょっとおかしな性癖を持った人になった。それだけで、彼への苦手意識がほとんどなくなってしまったのだから、我ながら現金なものだ。

「正直、今までは恨みしかなかったけれど、ウィルがごちそうを奪ったんじゃないって分かったら、ただのスキンシップが激しいおさななじみだと思えるようになったわ。今までごめんなさいね」

晴れやかな気分で謝罪したのだが、ウィルフレッドは怖い顔をしていた。

「……ちょっと待て。いろいろ言いたいことはあるが、それよりも、お前の中ではキスもそれ以上も、ただのスキンシップなのか？　まさか、他の男ともそんなことをしてるんじゃないだろうな？」

肩が触れる距離までずいっと近づいてくるウィルフレッドに、レイリアは眉を寄せる。

「するわけないでしょう。お姉ちゃんたちにウィルには何をされても受け入れなくちゃいけないけど、他の男は駄目って言われているもの」

「そうか。それならいいんだ」

ほっとしたように息を吐き出したウィルフレッドは、突然レイリアを抱き寄せた。

「何よ？」

これまでも何度も何度も抱き締められているのに、なぜか落ち着かない気分になった。

筋肉質な肩や広い胸、力強い腕にいちいちどきどきする。意識すればするほど突き飛ばしたくなるのはどうしてだろう。

「リア、顔が赤いぞ？」

顔を覗き込んできたウィルフレッドが、体を離して心配そうに眉を寄せた。熱を測るためか、額をくっつけようとしてくる。

「べ、別に、何でもないわよ！　ウィルに触れたからって、今更緊張するわけないでしょう！　勘違いしないでよね！」

慌ててウィルフレッドを突き飛ばしたレイリアは、鼓動が激しいのを悟られないようにぷんっとそっぽを向いた。

「恥ずかしかったんだよな」

その声に驚き、レイリアとウィルフレッドは同時に向かい側のソファーへ顔を向けた。寛いだ様子のキーファが、にこにことレイリアたちを見ている。

キーファの存在を忘れて今のやりとりをしていたのかと思うと、焦りも驚愕も忘れてただただ恥ずかしい。

レイリアは頬を両手で覆い、ウィルフレッドは気まずそうに目を泳がせた。しかしキーファは気分を害した様子もなく穏やかに笑った。

「そういえば、二人は婚約するんだっけ。あ、じゃあ、もしかしてあれって……」

キーファはそう言った後、はっとしたようにウィルフレッドのほうに身を乗り出した。

何のことかと首を傾げるウィルフレッドに、音量を下げて言葉を続ける。

「ウィルが宝石を購入したと商人仲間から聞いたんだ。もしかしてと思っていたけど、本当に求婚用の石だったのかな？　指輪に加工するつもりなんじゃないかと言われたから、深読みし過ぎだって返したんだけど……」

「漏らしやがったのか、あのおやじ」

キーファの言葉に、ウィルフレッドの眉がぐっと上がった。するとキーファが慌てて否定する。

「違うんだ。世間話をしている時に商人仲間がウィルの名前を出したから、何のことかと問いただしたんだよ。俺が無理やり聞き出したんだ。ごめん」

「漏らしたのと同じだろ、それ」

ちっと舌打ちしたウィルフレッドは、眉間に深くしわを寄せている。レイリアはウィルフレッドの腕を摑み、彼の顔を覗き込んだ。

「ウィル、結婚するの？」

求婚用の石を買ったなんて初耳だった。

――誰と？

そう訊きたいのに、どうしても口にできなかった。ウィルフレッドが宝石を買ったのはあのパーティーの前だ。つまり、レイリアと交流のなかった二年間にそういう相手ができていたということなのだと思い至ったからだ。

ウィルフレッドが結婚する。

先ほどとは違った意味で鼓動が速くなり、不安に胸が押し潰されそうになる。

「……いや、あれはそういう単純な理由で買ったものじゃないんだ。自分の決意を固めるもので……」

ウィルフレッドの歯切れの悪い答えを怪訝に思いながらも、どうやら結婚はしないらしいということに心底ほっとする。

言いよどむウィルフレッドに、キーファは不思議そうな顔をした。そしてなぜかレイリアをちらりと見てから、ウィルフレッドに視線を戻す。

「ウィルが自分用に宝石を買うなんて初めてだったから、てっきり……。じゃあ、お守りみたいなものなんだな」

「ああ。そんなものだ。でも……盗まれた」

吐き捨てるように言われた言葉に、キーファが目を瞠る。

「盗まれた？　大変じゃないか。届け出たのか？」

ウィルフレッドは苦々しい表情で、ぐっと拳を握った。

「いや。あれは自分の手で取り戻したいんだ。絶対に自分で見つける」

彼がそんなに重い決意をしていたなんて、レイリアは初めて知った。

よほど大切な宝石なのだろう。

レイリアを犯人扱いしたことは腹立たしいが、そんなに大切なものなら、近しい者にまで容疑の目を向けても仕方がないかもしれない。

「でも、そんなに大切なものなら、どうして自分で持っていなかったの？」

ふと思いついたレイリアがそう問うと、ウィルフレッドは小さく溜め息をついた。

「大切だからだ。パーティーの時に無人になる部屋には置いておけないし、箱ごとはポケットに入らないし、だからと言って宝石だけ持っているのも不安だったから、警備員がいる宝物庫に置いたんだ」

「この屋敷に警備員がいるのは知っているけど、普段宝物庫にいたかしら？」

「リアは遅れて来たから知らないだろうが、パーティーが始まってすぐに披露した希少な宝石があって、その警備のために何人か増員して宝物庫の前に立たせたんだ」

そういえば、パーティーの日にウィルフレッドがそんなことを言っていたような気がする。レイリアはう～んと唸った。

「それって……披露する宝石と一緒に警備員がパーティー会場に移動しちゃって、宝物庫の前から警備員がいなくなったせいでウィルの宝石が盗まれたってこと？」

ウィルフレッドはすぐに首を振った。

「そうじゃない。増員した者も含めて、当日、警備員は五人いた。パーティー用の宝石と一緒に移動したのが二人、そして宝物庫に残ったのが二人。あとの一人は交代時間になるまで仮眠をとっていた。宝物庫前の警備は一日中のことだから、一人ずつ順番に休憩をとる体制だったんだ。パーティー会場用の警備員二人は、宝石を宝物庫に戻した後は残った三人に任せて帰ったはずだ」

「だから犯人は、宝物庫前に立つ邪魔な警備員を睡眠薬で眠らせたというわけね」

「そういうことだな。使用人たちには目撃情報を挙げさせたが、特にあやしい人物はいなかったと言っているし、警備員たちは突然眠くなったと証言している。調べてみたら、警備員の休憩室に置いてあったポットの中に睡眠薬が入れられていた」

　新事実に、レイリアは眉を顰める。

「ポットに睡眠薬？　ということは、内部の犯行かしら」

「違う……と思いたいな。うちの使用人が窃盗をするとは思えない。それに、警備員の休憩室はホールと宝物庫の中間あたりにあった。誰でも自由に出入りできる場所だ」

「う～ん……振り出しに戻ったわね。そこまでして、どうしてウィルの宝石だけを盗んだのか……謎よね」

「ああ。それが最大の謎だ」

　ウィルフレッドが頷くと、それまで黙って聞いていたキーファが、真面目な顔でこめかみに手を当てた。

「二人の会話で、だいたいの経緯は分かったよ。ウィルの宝石だけ盗まれたなんて本当におかしなことだな。商人仲間はそんなにすごい宝石だとは言ってなかったけど……」

「もちろん、それなりのものではあるが見た目が気に入って買っただけで、他と比べて価値は高くない。それなのに、なんであれだけを盗っていったんだ？」

キーファとウィルフレッドが首を傾げたので、つられてレイリアもこてんと首を傾けた。

商人が見誤るはずがないので、本当に価値の高い宝石ではないのだろう。周りにすごい宝石があったのに、それを無視して価値のないほうを選ぶなんて、犯人は見る目のない間抜けな人物なのかもしれない。

三人はしばらくその理由を考えたが、結局結論は出ずお手上げ状態となった。

「犯人を捕まえて理由を訊くしかないな。まずは目撃者リストの中から洗っていくか」

ウィルフレッドは机に置いてあった書類を取ってきて、ソファーに座り直す。そしてそれをレイリアとキーファが見えるように広げてくれた。

リストに目を落としてから、レイリアは「あ」と声を上げる。

「すっかり忘れていたけど、私も目撃した人がいるわ」

興奮気味に報告すると、ウィルフレッドとキーファが同時に言った。

「いつ？」

「どこで？」

二人が身を乗り出すようにしてこちらを見るので、レイリアは若干体を引きながら答える。

「盗まれた後だと思うから関係ないかもしれないけど、パーティー会場から食堂へ向かう途中に、黒のフロックコートを着た男性と緑のドレス姿の女性を見かけたの。女性とは危うく顔を合わせそうになって焦ったわ。会場から離れている場所だったから、なんでこんなところにいるんだろうって不思議だったのよね」

「もっと早く思い出せ」

文句を言いながら、ウィルフレッドはリストに『黒男、緑女』と書き足した。要約し過ぎだ。

そしてウィルフレッドは一人一人の名前を確認し、ぽんぽんとリストを叩く。

「これで容疑者は十二人になったな。黒男と緑女がリストに書いてあるのと同一人物という可能性はあるが」

キーファはリストを覗き込み、首を捻った。

「随分少ないな。パーティーの招待客はどれくらいいたんだ？」

「今回は小規模なものだったから、百人くらいかな」

ウィルフレッドの答えを聞き、レイリアはぽんっと手を打つ。

「会場の外に出た人が少なかったのは、みんな楽団に夢中だったからじゃない？　あの楽団を間近で見られるなんて滅多にないことだもの」

レイリアの考えに、ウィルフレッドとキーファは同意するように頷いた。

「それだ。だから目撃情報も少ないんだな。しかも、使用人たちは数人ずつの班になって宝石捜しをしていたから、普段のようには人が散らばってもいなかった。でもそのおかげで容疑者の人数を絞れた」

にやりと笑うウィルフレッドに、キーファが冷静に問いかけた。

「犯人が誰にも見つからずにこっそりと盗んで、屋敷を出て行った可能性は？」

「その可能性は少ない。パーティーの日は屋敷の門のすべてに使用人がいた。彼らの証言もここに書いてある。盗まれた時間帯前後に屋敷に入った人物も出た人物もいない。彼らに見咎められずに出て行くことはできないはずだ。屋敷内にいた人間の犯行で決まりだな」

ウィルフレッドが自信満々に断言するので、レイリアは、だったら……と眉を顰めた。

「どうして、パーティー後に屋敷から出て行く招待客たちを調べなかったの？　もし屋敷内にいた人間が犯人なら、彼らの誰かが宝石を持っていたということでしょう？」

招待客全員を調べればすぐに宝石は見つかったのではないか。それなのになぜそうしなかったのだろうか。

「おおごとにしたくないって言っただろう？　それに、パーティーの招待客は父の要人ばかりだった。身体検査なんてできるか」

ウィルフレッドは呆れ顔で溜め息混じりに言った。『お前馬鹿だろ』と顔に書いてある。

レイリアは頬を膨らませた。

「でも、その要人たちの誰かが犯人なんでしょう？　身体検査もできないくらいなのに、ちゃんと宝石を取り戻せるの？」

「取り戻すさ。大人数の要人を相手にするわけじゃない。一人……多くてもたった数人を相手にするだけだ。どんなことをしてでも取り返してやる」

強い口調でウィルフレッドは即答した。

宝石のこととなると、彼は真剣な表情になる。

睨むようにこちらを見てくるウィルフレッドに、レイリアは気圧されながら「分かったわ」と頷いた。

ウィルフレッドならやってしまうのだろう。そんな確信があった。

❀❀❀

その夜。

ウィルフレッドは、屋敷の一階奥にある父の書斎にいた。

「宝石はまだ見つかりません」

椅子に座ってこちらを見ている父に報告すると、彼はこけた頬をぴくりとも動かすことなく顎を引いた。

「そうか。本当に届け出なくていいのか？」

問われ、ウィルフレッドは真っすぐに彼を見つめて答える。

「はい。自分で見つけたいので、すべてお任せください」

「分かった」

あっさりと了承した父は、すでに息子に関心をなくしていた。いつものことなので、ウィルフレッドは彼の態度を気にすることはない。

使用人を使って宝石を捜させたので、それが父の耳に届かないはずがなかった。ウィルフレッドはパーティーの当日には父に宝石がなくなったことを報告し、捜索していることを告げた。その時の父の返事も「分かった」の一言だった。

父の希少な宝石が盗まれたわけではないので、ウィルフレッドの宝石が盗まれようと彼にとってはどうでもいいことなのだ。

だから、使用人たちへの事情聴取の手配や、当時警備を担当して眠らされていた男たちへの事情聴取もウィルフレッドが一人で行った。

ウィルフレッドは一礼して、書斎を出た。

以前から父はウィルフレッドに関心がなかったが、母が死んでからはそれが更にひどくなった気がする。

レイリアの家と比べれば愛情の少ない両親ではあったが、それでも子どもの頃は今よりは気に留めてくれていたと思う。いや、気に留めると言うより、息子を立派な貴族に育てることに関心があったのだろう。いつも冷たい瞳で見下ろされ、「親に恥をかかせるな」と何度も言われた。

両親は虚栄心が強く、貴族という地位に誇りを持っていた。常に貴族らしく振る舞い、世間体を気にしながら生きてきた人たちだ。一人息子の出来が悪ければ自分たちが恥をかく。それを恐れていることは子どもながらに態度で分かった。

だからウィルフレッドは、からかいがいのあるレイリアや優しいキーファにべったりだった。レイリアたちだけは自分に関心を向けてくれて、自分を気にかけてくれる存在だったからだ。

人としての温もりを教えてくれたのは、両親ではなくレイリアとジョアンビル家の人々だった。レイリアの父やキーファはウィルフレッドを抱き上げてくれて、レイリアは抱き締めてくれた。

自分が両親のようにならなかったのは、ジョアンビル家の家族がいたからだと思っている。大切なのは、地位や名誉なんかじゃない。今、そう思えるのは彼らのおかげなのだ。

しかし、ウィルフレッドの体には両親と同じ血が流れている。いくら抗っても、親子というものは似てしまうものなのかもしれない。

ウィルフレッドが不眠症になった原因は、父にあった。

二年前、母の浮気を疑った父が母を監禁し、ひどい言葉で母を傷つけて精神的に追い込んだのだ。

「俺の顔を潰す気か。お前がやったことは、今まで築き上げてきたものを無にする行為だぞ」

「お前はこの家の恥だ。この淫売が」

「被害者面するな。浮気されたのはこっちだぞ。散々贅沢させてやっただろう。何が不満だったんだ？」

「お前を妻に選んだ俺が悪いのか？　お前を愛した俺が間違っていたのか？　こんなに愛しているのに、なぜ俺だけじゃないんだ？」

「俺だけを見ろ。俺だけを愛せ。他の男のことなんて忘れろ」

父はだんだん狂気じみていき、母はそんな父を無言で拒絶して衰弱していった。

ウィルフレッドは母を助けることもせず、狂っていく父を傍観していた。両親がウィルフレッドに興味がなかったのと同じく、ウィルフレッドも彼らを他人のように感じていたからだ。

どこか遠くで起きていることのように、両親が壊れていくのを見ていた。

この時は、自分には関係のないことだと高をくくっていたのだ。けれど、無関係ではないと薄々分かってもいた。

現に、両親がそんなふうになってしまってから、ウィルフレッドはレイリアに会うことを躊躇するようになった。両家が絶縁状態だったのもあるが、自分の意思で会いに行かないようにしていたのだ。

父が母を罵倒しているのを目撃した時、不意に、壊れていく両親の姿を自分とレイリアに重ね合わせてしまったことがあった。

自分たちもこんなふうに壊れていくのか……。自分は父のようになってしまうのではないか……。そんな想像をしたら、途端に彼女に会うのが怖くなったのだ。

それなのに、その頃の自分はそれに気づかないふりをしていた。

鬱々《うつうつ》とした毎日を過ごしながらも、恐れているようなことにはならないと自分に言い聞かせ続けた。

他人事ではないと自覚したのは、母の死の直前のことだった。

母が亡くなる直前、たまたま監禁部屋の前を通ったウィルフレッドの耳に聞こえてきたのは、泣きながら叫ぶ父の言葉だった。

「お前が俺から解放されたいと願っても、俺は何があっても絶対にお前を放さない！　俺が死ぬ時以外は、絶対に解放してやらないからな！」

それを聞いて、ウィルフレッドは目の前が真っ暗になった。

それは、ウィルフレッドがレイリアに対して思っていたことだったからだ。

やはり、自分の本質は父と同じなのか。将来、レイリアに同じことをしてしまうのか……。

そう思ったら、眠れなくなった。眠ると、自分が父と同じようにレイリアを追い詰めている夢を見るのだ。

いつも幸せそうに食事をし、小さなことでも笑い、打てば響くようにぽんぽんと言葉を返してくるレイリアが、食べ物を口にしなくなり、衰弱していき、笑顔がなくなり、言葉を発しなくなる。

想像しただけで胃が焼けるような焦燥を感じた。

眠る度に恐怖が大波のように襲ってくる毎日に耐えられず、睡眠薬を処方してもらったのだ。

この一年は睡眠薬に頼っていた。それなのに、再会してレイリアと一緒に眠った日には、何の夢も見ずにぐっすりと眠ることができた。

だから余計に彼女が欲しくなった。

自分の傍にいれば不幸にしてしまうと分かっているのに、どうしてもレイリアが欲しいのだ。

だからウィルフレッドは、宝石を見つけ出したかった。

あれは自分の気持ちを固めるためのお守りのようなものだ。

ただの思い込みなのは分かっているが、あの宝石があれば、ウィルフレッドは未来を決められる。何を犠牲にしても、だ。

たとえ、レイリアを不幸にしてしまう未来だとしても……。

❀　❀　❀

「ここを曲がって……こっちだったわよね」

レイリアはぶつぶつと呟きながら廊下を進む。

ウィルフレッドがシルヴェストリ伯爵のところに行っている間に、パーティーの日の記憶を辿り、会場だったホールから食堂へ移動している最中である。

あの時は誰にも見つからないようにと隠れながらの移動だったので、あっちこっちとジグザグに進んだ気がする。どこをどう進んだのかは曖昧になっているところもあった。

とにかくウィルフレッドに捕まりたくない一心だったのだ。結局、捕まってひどい目に遭っているのだが。

とは言いつつ、レイリアは幸せな気分だった。嫌がらせなんて一瞬で忘れてしまうくらおいしい料理を毎日お腹いっぱい食べているからだ。

レイリアは先ほど食べたばかりの夕食を思い出し、よだれをじゅるりと飲み込んだ。

野菜の旨みが染み出したスープと、焼き色をつけた肉団子が特においしかった。肉汁がこれでもかと溢れ出て、つい歓声を上げてしまったほどだ。

「ふふふふふ……」

思い出すだけで、口からよだれと一緒に笑いが零れる。

レイリアが一番幸せを感じるのは、ご飯を食べている時だ。それがおいしかったりしたら、天にも昇る気持ちになる。

ウィルフレッドにはよく『大食漢』だの『燃費が悪い』だのと言われるが、レイリア自身が幸せだからそれでいいのだ。

――食こそ生！　食べている時に、自分は今生きているんだって実感できるのよね！

あ、あんなところにローストチキンが…………全然違った。あれは女神の銅像だわ。

さすがに、女神の銅像を鶏と間違うのはまずい。食べ物が恋しくて幻想を見てしまったらしい。

レイリアは気を取り直し、止まっていた足を動かした。そして気づく。

――ここだわ。

あの夜、シルヴェストリ家の使用人たちも、黒いフロックコートの男性も、遠目でちらりと見かけただけだった。

しかし、緑のドレスを着た女性は違った。

女性が前方から歩いて来た時、レイリアはこの銅像の脇に身を隠してやり過ごしたのだ。女性は急いでいたらしく、足早に銅像の前を通っていったので、隠れているレイリアには気がついていないようだった。

あまりにも接近したので、レイリアは緊張で心臓が飛び出しそうだったが、女性のことはしっかりと見ていた。

ただ、レイリアは人の顔を覚えるのがとても苦手なので、女性の顔をおぼろげにしか記憶していなかった。

けれど、分かった。

緑のドレスの女性は、高級料理店で会った公爵令嬢だ。確か、ハンナといっただろうか。彼女に間違いない。

なぜなら、女性は独り言を発しながら歩いていたからだ。その声と、料理店で会った時の声が同じなのである。とは言っても、独り言の時は低くぼそぼそとしていて、店の時は艶めかしかった。それでも彼女の特徴のあるやけに甲高い声とねっとりとした喋り方は一緒なのである。

『ウィルフレッド様は私のものよ』

独り言はそんな内容だったと思う。あの時は隠れるのに必死で、「ウィルの名前？」と不思議に思ったくらいで内容まで気にしていなかったが、今思えば薄ら寒い独り言だ。

それに、ハンナは店で「ウィルフレッド様は初めに顔を出されてからは会場にいらっしゃらなかった」と言っていた。

遅刻したレイリアは、パーティーの最初のほうにウィルフレッドが顔を出していたのも退場したのも見ていないが、その後途中で会場に姿を見せたのを知っている。ハンナは途中で顔を出したことを知らなかったということだ。あんなに目立つ彼に気がつかないとは考えにくい。だからやはり、ここを歩いていたのは彼女なのだ。

どうして店の時に気がつかなかったのだろう。声を聞いて引っかかりを感じていたのに、緑のドレスの女性と紐づけることができなかった。

あの時は、彼女がウィルフレッドにしな垂れかかっていることが妙に気になっていたから……。

そんなことを考え、レイリアは慌てて首を振る。

――それはないわ。……ないはず。でも、今思えば、ちょっとイラッとしていたかも。ちょっとだけね。と自分を納得させて何度も大きく頷いた。そしてウィルフレッドのことを頭から追い出す。

なぜハンナがこんな場所にいたのかを考えなければ。

この先には食堂があるのだが、その手前に壁に囲まれた螺旋《らせん》階段があり、階段をのぼった先は入り組んだ廊下が四方にのびていて、その途中にはいくつもの小部屋がある。そのうちのひとつが宝物庫なのだが、万が一そこにたどり着けたとしても構造を知らない人間だと戻って来られない可能性がある。方向感覚を麻痺させる作りになっているからだ。

──もし、ハンナが犯人で、宝物庫から戻る途中で迷子になっていたとしたら？　……ううん、帰りに迷子になるなら行きだって迷子になるわよね。それに、盗んだ後で迷子になっていたら、ウィルと遭遇している可能性が高いわけだし。だったらどうしてこんなところに……？

駄目だ。思考が堂々巡りになる。

これでは埒が明かないので、とりあえず思い出したことをウィルフレッドに話そう。二人で考えれば何か思いつくかもしれない。

そう決めた途端、きゅ～と小さくお腹が鳴った。小腹が空いた音だ。

「歩いたし頭も使ったし……補給が必要ね」

レイリアの足は真っすぐに厨房へと向かった。近い場所にいたのでちょうどいい。

この時間ならまだ誰かが残っているはずだ。厨房には顔見知りが多いので、おねだりをして何か食べさせてもらおう。

食堂を通り過ぎ、廊下の奥にある厨房に近づいていくと、扉が少し開いていた。中から淡い光が漏れている。

誰かが居る。確信したレイリアは、嬉々としてノブに手をかけた。その時。

「最近、食材の減りが速いよな～」

中から声が聞こえてきた。若そうな声に、レイリアはぴたりと動きを止める。

「あ～、あれだろ。料理長が言ってた〝レイリア嬢ちゃん〟が大食漢だから」

「信じられないよな。ちらっと見たけど、小さくて細かったぞ。どこにあの量が入るんだ？」

厨房には二人の男がいるらしい。彼らはレイリアの話をしているようだ。これでは入りづらい。

ノブから手を放し、部屋に戻ろうか迷っている間も彼らの会話は続いていた。

「さあな。でも、太るわけでもないってことは栄養にもなってないってことだろう？ちょっともったいないよな」

「だな。ここで使う食材は高級なものばかりだし」

「でも、仕方ないか。ウィルフレッド様の婚約者になる人らしいから。これからは毎日大量の仕込みが必要になるぞ」

「仕込み担当の下っ端はつらいな。この量、大家族用だぞ」

「ウィルフレッド様は大食いの嫁さんもらうのかぁ……。大丈夫かな」

盗み聞きをしてしまったレイリアは、音を立てないようにそっと厨房を離れた。後ろから、彼らの笑い声が聞こえてくる。

——どうしよう。ウィルフレッドが笑い者になってしまうわ。

新人の料理人であろう彼らの会話から、レイリアがウィルフレッドの恥になっているのだと感じ取った。

レイリアは彼の婚約者ではないし、嫁になるわけでもない。けれど、ウィルフレッドの部屋に滞在しているので、使用人たちがそう思うのも無理はないだろう。それに、未婚の男女がひとつ屋根の下に暮らしている場合、そういう関係だと言っておかないと非常に外聞が悪い。

ウィルフレッドはキーファにレイリアのことを婚約者見習いだと説明していた。だからもしかしたら屋敷のみんなにも同じように言ったのかもしれない。

——だったら、もっと慎《つつし》みを持たないと。

ここにいる間はウィルフレッドが笑われないようにしないといけない。自分のせいで彼の評価を落とすことは避けたい。

レイリアは唇を噛み締め、幅の広い階段に足をかけた。いつの間にか女神の銅像を通り過ぎていたらしい。

ウィルフレッドの部屋に戻るためにはホール側にあるこの階段をのぼって、長い廊下を進まなくてはならない。

レイリアはぼんやりと一歩一歩足を前に出して階段をのぼっていく。

ウィルフレッドのために大食いを治さなければ、なんて思う日がくるとは……。

少し前までのレイリアなら、ウィルフレッドが笑われても『いい気味だ』と思っていただろう。それなのに大好きな食欲を抑えようとするなんて。

どうしてしまったのだろう……とレイリアは自分の変化に戸惑った。いや、世界一のごちそうの恨みはないのだから、彼を貶める理由はもうレイリアにはないのだ。だからなのだ。そう自分を納得させようとする。

そうして、ぐるぐると考え事をしていたせいで足元が疎かになっていることにレイリアは気づいていなかった。

「あ……っ！」

右足が階段を踏み外した。ガクッと足の裏が滑り、体が後ろに傾いていく。

ゆっくりとした時間の流れで階段から壁、そして天井が見えた。頭は焦っているのに、やけに緩やかに動いているようだった。

その間、手すりを探そうとするが、無駄に広い階段の真ん中を歩いていたせいで手が届く範囲に見当たらない。最悪なことに、レイリアが足を滑らせたのは最上段付近だった。

体を横にして転がるように落ちれば、怪我は最低限のはず。瞬時にそう判断し、レイリアは後ろに傾く体を無理やり横向きにした。

ぐっと歯を食い縛ってくるだろう痛みに備える。

次の瞬間、ドサッと鈍い音がした。全身が何かに当たり、その衝撃に一瞬息が詰まる。

しかし、思ったような衝撃ではなかった。背中も痛くない。

不思議に思ってレイリアが顔を上げると、ウィルフレッドの顔が間近にあった。どうやら、階段から落ちかけたレイリアを受け止めてくれたらしい。

「大丈夫か？」

焦ったような表情で問われ、レイリアはぎこちなく頷く。するとウィルフレッドは、ほっとしたように肩の力を抜いた。

「食べ過ぎて体を支えられなくなってるんじゃないのか。気をつけろよ」

呆れた声で言いながら、ウィルフレッドはレイリアを立たせてくれる。

彼の腕を借りながら真っすぐに立ったレイリアは、不意に思った。

――私、ウィルのことが好きなんだわ。

好き、という単語が、すとんと胸に落ちてきた。

だから、触れられるとどきどきしたり緊張したりするようになり、その上、一番大事な食欲まで我慢しようと思ったのだ。

――なんだ……。そうだったのね。

気づいてしまえば、逆に落ち着くことができた。

ウィルフレッドの腕が腰に巻きついたままでも、どきどきするがはねのけたいと思わない。むしろ、もっと触れていて欲しい。

黙ったままのレイリアに、ウィルフレッドが心配そうな表情を向けてきた。

「どうした？　運動神経が良いことだけが自慢のお前が、何度も階段から落ちるなんて……何かあったのか？」

問われて、レイリアははっと我に返った。そして、階段から落ちたのだという実感と同時に、疑問が湧き出て首を捻った。

そうだ。〝だけ〟は余計だが、運動神経が良いことが自慢のレイリアが、二度も階段から落ちるなんて、確かに今までだったらありえない。

「本当にそうよね……。今日は別に背中を押されたわけじゃなくて、ちょっとぼんやりしていただけなのに……」

「なんだって？」

レイリアの言葉を遮り、ウィルフレッドは眉を吊り上げた。そして恐ろしいほどの勢いでレイリアの腕を摑み、詰問するように言った。

「背中を押された？　いつだ？」

痛いくらいに腕を握られ、レイリアは顔を顰める。

「え、昨日、料理店を出てから階段で背中を押されたような気がしたんだけど……」

後半はだんだん声が小さくなっていった。ウィルフレッドの視線が痛いくらいに鋭くなったからだ。

「なんであの時に言わなかった？」

「ごめんなさい。だって振り向いたらウィルしかいなかったから、気のせいかと思って……」

地を這うような声で責めるように言われ、レイリアは思わず謝ってしまう。

俯くレイリアに何を思ったのか、ウィルフレッドは小さな溜め息を吐きながら腕を放した。痛みがなくなりほっとした次の瞬間、レイリアの体はウィルフレッドの肩に担がれていた。

「うっ……」

腹部が圧迫され、レイリアは呻き声を上げた。ウィルフレッドが階段をのぼり始めると、その振動で視界がゆらゆらと揺れる。

階段の途中で軽々とレイリアを受け止めたこともすごいが、こんな不安定な場所でひょいっとレイリアを抱き上げ、しっかりとした足取りで階段をのぼれるなんて驚異的である。

昔のひょろひょろとしたウィルフレッドだったら不可能だろうが、今のウィルフレッドには簡単なことらしい。足取りが軽いのがその証拠だ。

荷物のように担がれながら、レイリアはウィルフレッドの寝室へと連れて行かれた。

ベッドの脇に下ろされ、ずっと下を見ていたせいで頭に血がのぼりかけていたレイリアは軽い眩暈を覚える。

この間のようにベッドの上に投げ出されなかっただけましだが、運び方はどうにかならないものか。せめて腹部が圧迫されない運び方をしてもらいたい。

「寝るぞ」

唐突に告げられた言葉に、レイリアは反射的に返した。

「どうして突然そうなるの!?」

驚くレイリアを無視してベッドに滑り込んだウィルフレッドは、シーツを持ち上げてレイリアの入る隙間を作り、こちらを見る。

レイリアはほんの少しだけ躊躇した後、そこに体を横たえた。ここ数日のやりとりで抵抗するだけ無駄だと学んでいた。

今更ながら、よく平気で一緒に眠れたものだと思う。意識すると、ベッドの中で少し体が触れただけでもどきりとした。

満足そうに頷いたウィルフレッドは、ごろりと仰向けになる。そしてふと何かに気がついたようにレイリアに背を向けた。

ウィルフレッド側のベッド脇にはサイドボードがあり、彼はそれをじっと見つめていた。

レイリアもつられて上半身だけを起こし、ウィルフレッドの体越しにサイドボードを見る。

上部に小さな引き出しが二個、下部に大きな開き戸がついたサイドボードの右上部の引き出しが、ほんの僅か手前にずれている。

ウィルフレッドは起き上がって手を伸ばし、その引き出しを開けた。

「薬が一個なくなってる……」

中を確認したウィルフレッドが呟く。

「薬？」

「睡眠薬だ」

ウィルフレッドの答えに、レイリアは目を丸くした。

「ウィル、睡眠薬を飲んでるの？」

レイリアの中では、睡眠薬とウィルフレッドが繋がらない。彼は昔からレイリアよりも寝つきが良いし、放っておくと何時間でも寝ているのだ。遊んでいる最中にウィルフレッドがうとうとし始め、誘われるようにレイリアも眠気を感じてそのまま本気で寝入ってしまったことが何度あったことか……。

「……ここ一年は、これがないと眠れなかった」

沈痛な面持ちでされた告白に、レイリアは更に大きく目を見開く。

「え？　お昼寝を欠かさなかったウィルが？　寝不足だと不機嫌になるウィルが？　……眠れなかった？」

聞き間違いかと思ったが、どうやら本当に眠れなかったらしい。寝ることが好きだったウィルフレッドが薬に頼るなんてよほどのことだ。

「昨日も一昨日も飲んでいたの？」

薬を飲んでいる姿なんて目にしていないが、陰でこっそりと服薬していたのかもしれない。

しかし、ウィルフレッドは首を横に振った。

「飲んでいない。不思議なことに、お前と一緒に寝ると熟睡できるらしい。だから今まで薬がなくなっていることに気がつかなかった。使用人にもこの棚には触れるなと言ってあるし」

そうか。だからウィルフレッドはレイリアと一緒に寝たがったのか。やっと合点がいった。

彼は、レイリアのことを抱き枕や湯たんぽの代わりにしていたのだ。昔一緒に眠っていた名残か、レイリアが一緒だと安眠できるらしい。

ウィルフレッドが不眠症だったなんて初耳だったので、きっと会わなかった二年にそうなってしまったのだろう。自分が知らないところで彼は苦しんでいたのだ。そう思うと胸が締めつけられるように痛んだ。

「ねえ、睡眠薬っていつから飲んでいるの？」

問うと、ウィルフレッドは引き出しをきちんと閉めてから答えた。

「……母さんが死んだ後からだ」

ベッドに体を沈ませたウィルフレッドは、仰向けで天井を見つめたままこちらを見ない。

レイリアは彼に倣《なら》って横になり、じっとその横顔を眺めた。

ウィルフレッドの母親が亡くなったのは一年前だ。死因は病気だと聞いたが、伯爵家の力で最高水準の治療を受けても治らない難しい病気だったのだろうか。

それにしても、ウィルフレッドは家族に対して関心がないと思っていたが、母親の死にそれほどまでにショックを受けていたなんて、やはり家族のことが好きだったのだろう。

レイリアは、子どもにするようにウィルフレッドの頭をよしよしと撫でた。彼はちらりと横目でレイリアを見たが、何も言わずにされるがままになっている。

――そういえば……。

今自分がこうしているのは身に覚えのない睡眠薬のせいだと思い出し、レイリアははたと手を止めた。

「睡眠薬と言えば、確か、警備員は眠らされていたのよね？」

問うと、ウィルフレッドは眠そうな顔で頷いた。

「ああ。宝物庫の扉の前で警備していた二人と、休憩中の一人がな」

「その三人の警備員を眠らせた睡眠薬はここから盗まれたということはない？」

警備員が眠らされ、ウィルフレッドの睡眠薬がひとつなくなっていたなんてタイミングが良過ぎる。

ウィルフレッドは少しの間考える素振りを見せた。

「俺が睡眠薬を飲んでいることを知っているのは主治医くらいだ。だから可能性は低いが……ありえないとは言い切れないな」

ウィルフレッドの主治医は、ジョアンビル家もお世話になっているフォン医師だ。丈夫なのが取り得のレイリアや姉たちは治療を受けたことはほとんどないが、父やキーファはたまに薬をもらいに行ったりしているようだ。しょっちゅう擦り傷を作るレイリアのためにも傷薬をもらってきてくれたりするのでありがたい。

しかしフォン医師もすでに高齢で、いつまで彼のお世話になれるかは定かでない。彼は薬の調合が得意で、それが本当によく効くのだ。彼がいなくなってしまったら、その薬も手に入らなくなるということなので非常に困る。

長生きしてくれればいいけど……と願いながら、レイリアは自分なりに推理してみる。

「犯人は、ウィルの寝室から睡眠薬を盗み出して休憩室のポットに入れ、残りをそっと私のドレスに仕込んだ……ってことかしら？」

そうでなければ、なぜ自分が睡眠薬を持っていたのか説明がつかない。けれどそうすると、いつどこでレイリアは犯人と接触したのだろうか。

記憶を掘り起こしてみるが、あの夜、誰かと接近した覚えがない。

「そうかもな」

眠気のせいか、ウィルフレッドの返事は投げやりだ。彼が眠るつもりなら、邪魔をしないようにレイリアは一人で考えようと思った。

すると、ウィルフレッドがくるりと体をこちらに向け、レイリアの後頭部に手を回して引き寄せた。そして耳に息を吹きかけるようにして彼は言った。

「俺はお前と一緒に寝ないと不眠症が再発する。だから一緒に寝ろ。同時に寝ろ」

「同時には無理よ」

無茶言わないで、とレイリアは抗議する。

目が合った瞬間、なぜかウィルフレッドに唇を塞がれた。軽く触れた彼の唇は、すぐに離れていく。

跳ね上がった鼓動に気づかれないように、レイリアは心持ち体を離した。

「ねえ、どうしてキスをするの？　会わなくなる前も一年くらいはしていなかったのに」

ずっと訊きたかったことだった。キスでの嫌がらせは年々減少していたというのに、再会してからのウィルフレッドは頻繁にレイリアにキスをする。

しかも、触れるだけのものではなく、舌を絡ませる大人のキスだ。

ウィルフレッドは胸に抱き寄せたレイリアをじっと見つめ、大真面目な顔で答えた。

「年頃になったらキスをすると勃《た》つようになったからな。自重していたんだ」

最低だ。そんな思春期特有の事情など、聞きたくなかった。

嫌がらせが嫌がらせで済まなくなったのだろう。男は木の股を見るだけでも興奮する生き物だと姉たちが言っていたが、ウィルフレッドも例に漏れずそうだったということだ。

「じゃあ、今もしなくていいのに……」

レイリアはむっと口を尖らせる。

女なら誰でもいいのなら、レイリアを相手にしなくてもいいではないか。ウィルフレッドはモテるのだから、よりどりみどりだ。

だからと言って、本当にウィルフレッドが他の人とキスをしたら……と考えるだけで胸が苦しくなるのだが。

「嫌なのか？」

「嫌よ」

ウィルフレッドが軽く眉を上げて訊いてきたので、レイリアは即答した。

気持ちが伴わないキスなんて嫌に決まっている。

嫌がらせでされるなんて、真っ平ごめんだ。ウィルフレッドの思惑どおり、毎日泣いてしまう自分にも嫌気が差す。

「でも、気持ち良いだろ？」

からかうようにウィルフレッドは笑った。

「気持ち良くなんか……！」

　と続くはずだった言葉は、ウィルフレッドの唇に奪われた。

　ウィルフレッドが食むように口づけてくるだけで、レイリアは反射的に唇を開くようになってしまった。これも連日彼が激しく口づけてくる弊害《へいがい》だ。

　慣れた感じでするりとウィルフレッドの舌が入ってくる。まずはレイリアの舌を吸い上げ、次に歯列をなぞり、最後に上顎に舌を這わせる。それがウィルフレッドの癖だとキスをするようになって分かった。

　上顎を刺激される頃には、レイリアの体はふにゃふにゃと力が抜けてしまっている。

　キスは気持ちが良い。

　こんなふうになってしまうのは、相手がウィルフレッドだからだ。ウィルフレッドじゃないときっと気持ち良くなんてならない。けれどウィルフレッドは……。

　レイリアは、苦しい思いをそっと胸に隠した。

　ウィルフレッドの意地悪は筋金入りなのだ。彼はレイリアが好きでこんなことをしているのではない。

　ただ、レイリアを泣かせたいだけなのだ。

　――ウィルの馬鹿。

　レイリアの気持ちも知らないで、体が熱くなるようなキスをしてくるウィルフレッドが憎らしい。

それでも彼を押しのけられないのは、レイリアもして欲しいと思っているからだ。ウィルフレッドに熱を込めた瞳で見つめられるのは心地良い。

この瞬間は、彼はレイリアだけを見ているから。レイリアが感じているのと同じように、彼も欲望を感じていると実感できるから。

くちゅくちゅと音を立てて、舌が絡まり合う。レイリアは懸命にウィルフレッドの動きに応えた。

すると、ウィルフレッドがきつくレイリアを抱き締めてきた。背骨が痛くなるほどきつい抱擁《ほうよう》に、レイリアは苦しくなって喘ぐ。

だが、それを甘い声だと勘違いしたらしいウィルフレッドは、貪るようにレイリアの口を深く塞いだ。何度も何度も角度を変え、官能的な口づけを繰り返す。

唇からじわじわと広がっていった熱が下腹部に集まる。そして甘い疼きがそこから全身に広がっていった。

自然と背筋が反り、胸もお腹もウィルフレッドの体にぴたりとくっつく。彼の足がレイリアの両脚の間に割り入ってきて、秘部に押しつけられた。

「……ぁあ……ぅんん……」

敏感な部分をぐりぐりと擦られて、熱が一気に背筋を這い上がってくる。ウィルフレッドの胸板に刺激されている胸の突起も、ぴりぴりとした快感に支配された。

数日前まではこんなに敏感な体ではなかったのに……。

恨めしい気持ちで、ウィルフレッドの背中に爪を立てる。すると、ウィルフレッドがびくりと震えた。そして、はっとしたように唇を離す。

お互いの唾液で濡れた唇が腫《は》れぼったくなっていた。レイリアは瞳に溜まった涙を隠すようにウィルフレッドの肩口に顔を埋める。

「今日はここまでだ」

掠れた声が頭上から響いた。

「別に、これ以上なんて期待していないけど」

顔を上げずにレイリアは返す。

強がりを言ってしまった。本当は、涙を見ても珍しく暴走しないウィルフレッドに、少し物足りなさを感じてしまっている。

――私の体を元に戻してよ。ウィルの馬鹿。

何度悪態をついても足りない。

レイリアはウィルフレッドの匂いを吸い込みながら、そっと目を閉じた。

六章

翌朝。

二人で朝食をとっていたら、ウィルフレッドが訝しげに問いかけてきた。

「リア、体調が悪いのか？」

心配してくれているのか、眉間にしわが寄っている。

「どうして？」

レイリアが首を傾げると、ウィルフレッドはテーブルに並べられた何枚もの大皿に視線を移した。

「いつもならこれ全部たいらげてもまだ物足りなさそうな顔をするだろ。それなのに今朝は半分も食ってない」

彼が言うとおり、皿にはまだまだ料理がのったままになっている。けれどレイリアはすでに手と口の動きを止めていた。

「ごちそう様でした。もうお腹いっぱい」

レイリアはナイフとフォークを置き、席を立つ。

お腹いっぱいなんて嘘だ。本当は全部食べたい。でも、レイリアが大食漢ではウィルフレッドが笑われてしまう。ウィルフレッドのことが好きだと気づいてからは余計に、彼に恥をかかせたくないという気持ちが強くなっていた。だからこの屋敷にいる間は我慢だ。

実家に帰ってからたらふく食べればいいのだと自分に言い聞かせ、レイリアは料理を見ないようにテーブルに背を向ける。

「どうした？　熱でもあるのか？」

立ち上がったウィルフレッドがレイリアの前にやってきて、額に手を伸ばしてきた。レイリアは思わずその手を振り払ってしまう。

シーン……と重い沈黙が流れた。

謝るべきか、軽口を叩くべきか、どちらを選択すればいいのか考えているうちに時間が流れていく。

いつもならすぐに文句を言ってくるはずのウィルフレッドの反応がないので、余計にどうしていいのか分からなくなる。

このままではいけない。とりあえず謝ろうと口を開けたその時、コンコンとノックの音が聞こえてきた。

「やあ、おはよう」

昨日と同じ時間に、同じ台詞でキーファが扉から顔を出した。

彼の姿を目にした瞬間、重苦しい空気が消えてレイリアはほっと胸を撫で下ろす。

「宝石泥棒の件、何か進展は……あれ？　食事中だった？」

言いながら入って来たキーファは、まだ料理がのったままの大皿がテーブルに並んでいるのを見て申し訳なさそうな顔をした。

「いや、もう終わった。リアが腹を壊したみたいで残したんだ」

ウィルフレッドがちらりとレイリアを見てそう言うと、キーファが目を丸くした。

「リアが料理を残した？　腹を壊したって……風邪か？　熱はあるのか？」

風邪を引いてもお腹いっぱい食べるレイリアが食事を残したとあって、キーファは本気で体調の心配をしてくれる。

キーファの手が額に触れた。逃げ遅れたレイリアは、ウィルの言うとおりお腹を壊したことにしようか……でも壊したことがないからどういう症状なのか分からない。どうしよう――と考えながら視線を泳がせる。

すると、ウィルフレッドが苦虫を嚙み潰したような顔をしているのが目に入った。彼の視線は、額に触れているキーファの手に注がれている。

先ほどウィルフレッドもキーファと同じことをしてくれようとしていたのだ。彼の手は払ったというのに、キーファの手は許容しているということが気に入らないのだろう。

「熱はないいな。どんな感じだ？」

気遣わしげに顔を覗き込んできたキーファに、レイリアは慌てて手を振る。

「大丈夫よ。ちょっと食欲がないだけなの。申し訳ないけど、これはもう下げてもらいましょう」

食欲は有り余っているので、目の前に料理があるのは目の毒だった。それに、食べたくても我慢しているだけでどこも痛くも痒《かゆ》くもないのに病気にされては困るのだ。

しかしキーファは、大袈裟《おおげさ》とも思えるほどに驚いた顔をした。

「リアの食欲がなくなるなんて……大変だ。すぐにフォン医師のところに行こう」

本気で連れて行かれそうになり、レイリアは足を踏ん張って抵抗する。

「待って！　本当に大丈夫なの。今は食べられないから下げてもらうだけで……」

必死に理由を考えながら話していると、今度はウィルフレッドが愕然《がくぜん》とした表情になった。

「リア、お前……死ぬのか？」

食べられないと言っただけで、死期が間近の重病人だと思われている。

レイリアは、自分がどれほどの食欲魔人と認識されていたのかを改めて知った。

「死なないわよ。ただちょっと食欲がないだけだって言っているでしょ。私にだってね、一生に一度や二度ぐらい食べたくない時もあるのよ。女の子にはいろいろと事情があるの。病気ではないし、ものすごく元気だから心配しないで」

一度食事を残しただけでこんな扱いをされたら、今後どうすればいいのか。ウィルフレッドが笑われないためにと思ってのことなのに、毎回こんなに心配されたら残しづらいではないか。

レイリアだって、料理を残すのは身を引き裂かれるほどにつらいのだ。それを我慢して頑張っているのだから、これ以上言及しないで欲しい。

「まあ、一生に一度や二度くらいはそんなこともあるかもしれないけど……」

「ああ。一度くらいはな……」

二人は不承不承という様子で頷いたが、どちらも納得はしていないようだ。本当に体調は悪くないのか確認するように、彼らの視線がレイリアの頭から足先まで行ったり来たりしている。

これ以上この話題を続けられても困る。

レイリアはわざとらしく手を叩いた。

「ねえ、キーファ、仕事は大丈夫なの？」

昨日は宝石の話をした後、兄は急な仕事が入ってそちらに向かった。だから今日もこの後に商談か何かが控えているのではないかと、仕事の話に切り替える。

するとキーファは、笑って頷いた。

「大丈夫だよ。午前中の予定はないし、今日は父さんも帰って来るらしいからゆっくりできる」

「そうなの……」

それは予想外だ。キーファはいつも忙しくしているので、今日も仕事が詰まっていると思ったのに……。

他に何か……とレイリアが思案していると、キーファがウィルフレッドの肩を叩いた。

「だから今日は、犯人捜しを手伝うよ。ひとまず現場に行って調べてみるか？」

レイリアは渡りに船とばかりに「名案ね！」と賛同する。

「いいわね、それ。ウィルの側近たちが見落とした証拠が残っているかもしれないものね。三人で念入りに調べましょう」

料理が目に入らなくなるならどこにでも行こう。匂いすらも今のレイリアには毒だ。

レイリアは二人の背後に回り込み、力いっぱい背中を押す。ウィルフレッドはしぶとく抵抗していたが、キーファが素直に歩き出したので彼も仕方なさそうに足を動かした。

三人は、ウィルフレッドの部屋から一階へと下りていく。階段を下りる途中、ウィルフレッドが「今日は落ちるなよ」と小声で嫌味を言ってきたが、レイリアは無視を決め込んだ。

「銅像も飾り棚もそのままだから思い出したよ。かくれんぼでよくリアがああいうものの陰に隠れていたよね」

　廊下を見渡していたキーファが、懐かしそうに目を細めた。昔から置いてあるものの配置がほとんど変わっていないので、過去の記憶がまざまざと蘇っているのだろう。

「ウィルもキーファもすぐに私を見つけちゃうから、あんまり面白くなかったわ」

「ヒントを教えても、レイリアは俺たちを見つけられなかったからな」

　レイリアが不満を言うと、ウィルフレッドが鼻で笑った。

　そのとおりだが、改めて言われると腹が立つ。最年少のレイリア相手に、大人気なく本気で隠れる二人が悪いのだ。

　レイリアがむっとしていると、キーファがウィルフレッドをからかうように言った。

「ウィルはリアのことはすぐに見つけるのに、俺のことは見つけてくれなかったんだよなぁ」

「見つけただろ。お前の隠れ方がうま過ぎるから、ちょっと時間がかかっただけだ」

　今度はウィルフレッドがむっとした。

　強がってそう言っているが、結局彼は、キーファを見つけることができなかったのだ。それはレイリアも一緒で、ウィルフレッドを見つけたことは数回あったけれど、キーファのことは一度も見つけられたことがない。

　反則技を使って使用人に居場所を訊いても、誰も分からなかった。いくら屋敷の作りが複雑でも、ここで生活している使用人には見つかっても良さそうなのに、だ。

レイリアたちに見つけてもらえなかったキーファは、最終的にはいつも自分で姿を現していた。

「キーファ、ちゃんと屋敷の敷地内にいた？」

「そうだ。お前、実は塀《へい》の外に隠れていたんだろう？」

レイリアとウィルフレッドは、悔しさを滲ませてじとっとキーファを見る。するとキーファは、楽しそうに笑いながら答えた。

「ちゃんと屋敷内にいたよ」

それならどうして見つけられなかったのだ、とレイリアはウィルフレッドと顔を見合わせる。二人で首を傾げ合っていると、キーファがまた笑った。

レイリアもそうだが、ウィルフレッドもキーファといると子どもっぽくなる。

子どもの頃、レイリアは家族の中でキーファに一番懐いていたし、一人っ子のウィルフレッドはキーファを本当の兄のように慕っていた。キーファはレイリアとウィルフレッドを平等に甘やかし、時にはきつく叱《しか》ってくれた。今でもその関係性は保たれたままなのだ。

「お前たちと何歳離れていると思ってるんだ。年の功《こう》さ」

キーファは大人らしく余裕の表情でそう言ったが、レイリアにはそれが不満だった。

キーファにはいつも軽くあしらわれてしまう。レイリアはもう十七歳なのに、キーファはいつまで経っても子ども扱いするのだ。

「年の功っていえば……、お前らの姉たちはそんなことを言いながらやりたい放題だったな。嘘をつかれて振り回されて散々だった」

キーファの言葉で何かを思い出したらしいウィルフレッドは、ぶるりと身震いをしながら言った。するとキーファの表情は一変し、頬を引きつらせる。

「あの人たちは、年の功を乱用してたからな。わざとだとは思うけど……」

彼らの青ざめた顔を見て、レイリアは自分の姉たちを思い浮かべる。美人で自分に自信があり、欲望に忠実な姉たちだ。

キーファは生まれた順番では七番目で、彼の上に六人、下はレイリアを入れて三人いる。兄姉妹の中で唯一男であるキーファが彼女たちにどんな扱いを受けてきたのかは言わなくても分かるだろう。

「俺は、あの人たちのせいで女性が苦手になった」

「俺もだよ」

ウィルフレッドがげんなりとした顔で言うと、キーファは苦笑して頷き、続けた。

「あの人たちはみんな猫を被って相手を騙《だま》すようにして結婚したから、嫁ぎ先で問題が発生していないか心配だよ」

キーファの言葉に、レイリアも同意した。

家での姉たちは、我が侭《まま》で騒がしくて下品なことも平気で言うような性格だった。しかし外では微笑みを常に絶やさず淑女然としていて、美しい容姿がよりいっそう引き立っていた。

――キーファとウィルフレッドがまだ結婚していないのは、お姉ちゃんたちのせいだったのね。

初めて知った事実に驚きながらも、レイリアは彼らを気の毒に思った。

確かに姉たちは身内には女性の本性丸出しだったが、世の中にはああいう女性ばかりではない。しかし、最初に姉たちを見てしまうと、他の女性もああなのかと疑いたくなる気持ちは分かる。

レイリアもいまだに、同年代の男はみんなウィルフレッドのような本性を隠しているのではないかと思ってしまうのだから。

「猫ってずっと被っていられるものか？　本性がばれて出戻りとかは勘弁してほしいな」

「出戻りか……。どこかの国の風習を持ち出して、無理やり結婚したのは三番目の姉だったかな……」

「ああ……確か、石がどうとかいうやつだろ？　東の国の風習だったか」

「そうそう。石を持っていれば意中の相手と結婚できるってやつ。話のネタになるからいいんだけどね。この間も公爵家でその話をしたら盛り上がったし。……でも、本当に出戻りだけはやめてほしいね」

ウィルフレッドとキーファがそんな話をしている間に、食堂に程近い壁に囲まれた階段の前に来ていた。

姉たちの話題で気分が沈んでいる様子の二人とともに足どり重く階段をのぼろうとした時、食堂のほうを見てキーファが足を止めた。

「そういえば、うちに戻ってきたあの絵、この屋敷にあった時は食堂に飾ってあったんだよね」

借金の形にこの家に預けていた絵のことだろう。食堂を見て思い出したらしいキーファの言葉に、ウィルフレッドは頷く。

「ああ。入ってすぐの左側にずっと飾ってあった。ジョアンビル家に返す時は俺が絵の手入れをしたんだ」

意外な言葉に、レイリアは目を瞠る。

そういえば、ウィルフレッドの母親があの絵をいたく気に入っていた。レイリアが食堂の大時計の裏に隠れた時も、彼女は絵を熱心に見入っていてレイリアに気がつかなかったことがあるくらいだ。

母親が好きな絵だったから、使用人に任せることはせず、彼自ら綺麗にしたということだろうか。

「そうなのか。結構大きいから大変だっただろう。額を外して中まで手入れしたのか？」

キーファが気遣うようにウィルフレッドを見る。

確かに、レイリアの両腕を広げたくらいの大きさはあったあの絵を一人で扱うのは大変だっただろう。

「いいや。中まではしていない。母さんがたまに掃除をしていたからそのままでも綺麗な状態ではあったんだ。額もそのまま返している」

「そうか。絵が好きな人だったから……。二年前、あんなことがなければ、まだ元気だったかもしれないいな」

懐かしそうに目を細め、キーファはしみじみと言った。

ウィルフレッドの母親とキーファが話しているところはあまり見たことはないが、彼女が食堂で絵の鑑賞をしていたのをキーファも見たことがあるのだろう。

「二年前って、うちの家と疎遠になった頃よね。ねえ、私は詳しく知らないのだけど、そういえばお父さんとおじ様はどうして絶縁状態になったの？」

レイリアは、ウィルフレッドとキーファを交互に見ながら訊いた。

父は「行き違いがあった」と言っていたので、仕事上で何かトラブルがあったのだと思っていたが、キーファの言い方に引っかかりを感じていた。『あんなことがなければ彼女は死ななかった』という意味に受け取れた。あんなこととは二年前の「行き違い」のことなのではないだろうか。

ウィルフレッドとキーファは顔を見合わせ、何と説明していいのか……とでも言うように困ったような顔になった。

先に口を開いたのはウィルフレッドだった。

「父さんが母さんの浮気を疑ったのが始まりだ。その浮気相手がお前たちの父親だと思い込んで、一方的に絶縁宣言をしたらしい」

「え？　浮気？」

ウィルフレッドの両親は仲の良い夫婦に見えた。表面上は、だが。

彼らは貴族らしく、良い夫婦、良い領主であり続けていた。そうでなければならない、とでも言うように、常に周りの評判を気にしていたように思う。

そんな人が浮気をするだろうか。

とはいえ、貴族の浮気はよくあることでもある。夫側のそれは、武勇伝のように語られることもしばしばだ。しかし、妻側は表沙汰にならないことが多い、外聞が悪いからだ。

……ああ、だからか。表に出ないうちに浮気相手を完全に遮断したのだ。

「結局、父さんの勘違いだったけどな。お前たちの父親は浮気相手じゃなかった。その誤解が解けたから両家が和解したというわけだ」

それを聞いてほっとした。

父は、レイリアを産んですぐに亡くなってしまった母のことを今でも愛おしそうに話す。そんな父が他の女性を愛したとなると少々複雑だ。

「それで……どうしておばさまは亡くなったの？　私は病気で亡くなったと聞いていたのだけど……」

レイリアは訊いてしまった後で、しまった、とウィルフレッドの様子を窺った。

母親の死で不眠症になった彼の前では訊いてはいけないことだったと思ったのだ。

しかしウィルフレッドは、表情を変えることなく淡々と答えた。

「浮気を許せなかった父さんが母さんを追い詰めたからだ。それに耐えられず精神的に病んだ母さんは何も食べられなくなって、最後はガリガリに痩せ細って……自害した」

「え……」

「……自害？　衰弱死じゃなかったのか？」

想像もしていなかった言葉に、レイリアは絶句し、キーファが驚きの声を上げた。

「ああ。衰弱死寸前ではあったけど、最終的に母さんは自分で死を選んだ。その事実を知っているのは、俺と父さんとごく一部の使用人だけだ」

ウィルフレッドの声にも顔にも感情はこもっていない。それが意図してのものなのかはレイリアには分からなかった。

「そうか……」

キーファは重々しく頷いた。その隣でレイリアは、平静に見えるウィルフレッドが気になっていた。

本当は哀しいのではないだろうか。話すのもつらいのではないか。

不眠症になった原因が母親の自害だったのなら、きっと彼は苦しんでいたはず。それなのに、他人に真相を話すのは覚悟がいるだろう。

「ウィル……大丈夫？」

恐る恐る問うと、彼は小さく首を傾げた。

「何がだ？」

レイリアを真っすぐに見つめるウィルフレッドの顔には心底不思議そうな表情しか見て取れず、彼は本当に問いの意味が分かっていないようだった。

母親の話は、彼にとっては動揺するものではないらしい。

——それならどうして不眠症になったのかしら？

レイリアには不可解だった。時間が経って話せるようになったのかもしれない。けれど無神経に訊いて良い内容ではないので、ごまかすためにへらりと笑う。

「ううん。何ともないならいいの」

ウィルフレッドは怪訝な顔をしただけで、すぐに意識は目の前の階段に移ったようだ。

それから三人は階段をのぼって入り組んだ廊下を進み、宝物庫へ向かった。廊下には、宝物庫に似た扉のついた小部屋がいくつかある。

なぜ同じような扉が並んでいるのかを昔ウィルフレッドに訊いたことがあった。彼曰く、どれが宝物庫なのかを特定しづらくするためのフェイクであり、中はただの倉庫ということだ。

宝物庫につくと、ウィルフレッドがポケットから出した鍵を使って扉を開けた。

「鍵はいつも持っているの？」

鍵のことを失念していたレイリアは、素朴な疑問を口にした。するとウィルフレッドは中に入りながら答えた。

「今はな。犯人捜しを一任されているからスペアを持っているんだ。普段はマスターキーもスペアも父さんが管理している」

中は、頑丈そうな棚が壁に沿って並んでいて、その中に煌びやかな宝石や鈍い光を放つ剣などが収められている。壁には有名な画家が描いたであろう絵画が飾ってあり、奥の床に置いてある鉄製の宝箱には鍵がついていた。

「パーティーの時は鍵はどうしていたの？　宝石をここに置きに来たんでしょう？」

キーファと二人で室内を一周してから、レイリアは入り口に立ったままのウィルフレッドを振り返った。

「あの時は宝石の出し入れがあったから、警備長がスペアキーを持っていた。だから開けてもらって、箱に入った宝石をここに置いた」

ウィルフレッドは右側の一番手前にある棚に歩み寄り、開き戸をコツンと指で叩いた。

レイリアとキーファは一緒に開き戸を覗き込む。

「随分無防備なところに置いたのね」

「これなら、簡単に盗っていけるな」

二人の意見に、ウィルフレッドは苦い顔をした。

「すぐに持って行けるようにと思ってここに置いたんだ。箱に入れていたし、警備員がいる宝物庫からまさかそれだけが盗まれるとは思わないだろう」

そのとおりだ。隣の棚にはキラキラとした高価そうな宝石がいくつも置いてある。それらに目もくれずにウィルフレッドのものだけ盗まれたなんて奇妙な話だ。

もしレイリアが盗み目的でここに入ったのなら、まずは一番高価なものが置いてあるだろう奥の鍵つきの棚に一直線に進むだろう。

「他の宝石が偽物とすり替えられている様子もないし、本当に不思議だな」

商人として確かな目を持つキーファが言うのだから間違いない。犯人は他の貴重品には触れなかったということか。

宝物庫はきちんと整頓されているので、変化があればすぐに分かってしまうだろう。

「父さんに確認してもらったけど、変わったところはないそうだ」

レイリアの考えを読んだように、ウィルフレッドが言った。

その後、三人がかりで棚の下や隙間を見て回ったが、手がかりは何もなかった。

宝物庫から出てウィルフレッドが施錠をする。レイリアは、廊下を右から左へとゆっくり眺めた。

「犯人がこの中のどれかの倉庫に隠れていた可能性は？」

ウィルフレッドは宝物庫以外の扉にさっと視線を走らせ、小さく首を振った。

「ないな。パーティー当日の朝からここには警備員がいたわけだから、隠れるとしたらその前に来ないといけない。それだと、時間的に警備員の休憩室のポットに睡眠薬を入れられなくなる」

「それもそうね。あ、じゃあ、犯人が二人いたら？　ポットに睡眠薬を入れる人と、倉庫に隠れて警備員が寝たのを確認してから盗んだ人」

「可能性はあるが、警備員よりも前に屋敷に忍び込んで、使用人の誰にも見咎められずにここまで来られるか？」

「難しいわね。外の人間が宝物庫の場所を知っているとも思えないし……」

良い考えだと思ったのに、推理はまた振り出しに戻った。レイリアががっかりしていると、キーファが人差し指で宝物庫の入り口を指した。

「警備員はどうだ？　増員した警備員は日雇いだったんだろう？　その人たちの中にあや

しい人はいなかったのかな?」

事件当日にそこに立っていたであろう警備員の形を指で縁取ってから、キーファはウィルフレッドのほうを向いた。ウィルフレッドは僅かに眉を上げる。

「どうかな。警備長が父の知り合いなんだ。普段うちの警備をしているのもあの組織だし、信用できると言っていた」

「組織は信用できても、個人ならどうだろう?」

シルヴェストリ伯爵のお墨つきにケチをつけることになるからか、キーファは慎重に言った。

「増員した警備員の誰かが犯人ってことか」

あるかもしれないな……と呟いて、ウィルフレッドは目を瞑った。考えを巡らせているのか、眉間にしわを寄せてぴくりとも動かない。

数分後、目を開けたウィルフレッドの眉間にしわはなくなっていた。

「もう一度、あの日の警備員たちに話を聞こう。すぐに会えるといいんだが……」

「俺も一緒に行くよ」

日雇いだった彼らは、今はもう他の仕事をしているのだろう。ウィルフレッドとキーファは、彼らの事務所がある場所を確認し合いながら歩き始めた。

もちろんレイリアも一緒に行くつもりだ。

慌てて二人の後を追い、階段を下りて廊下を食堂とは反対側へ進む。そして角を曲がったところで女神の像が目に入ったレイリアは、「ああ！」と叫んだ。

前を歩いていた二人が素早く振り返り、ウィルフレッドが鋭い声を出した。

「なんだ？」

睨むような視線を向けられ、レイリアはスカートをぎゅっと握って眉尻を下げる。

「あのね、昨日言い忘れていたんだけど……」

ばつの悪い思いでレイリアがもごもごと切り出すと、先を促すようにウィルフレッドが頷く。

「パーティーの日に私が目撃した緑のドレスの女性が、ハンナだったってことを思い出したの……」

昨夜は厨房でのことや睡眠薬のことで頭がいっぱいになって、すっかりそのことを忘れていた。

先ほど宝物庫に行く時もここを通ったのだが、ウィルフレッドの心配をしていて女神像が目に入らなかったらしい。今、女神像を見た途端、昨夜の記憶が蘇ったのだ。

「本当か？」

即座に反応したのはウィルフレッドだった。レイリアは小さく何度も頷く。

「本当よ。隠れていた私の前を彼女が通ったんだけど、何かに気をとられていたみたいで私には気づかなくて……」

「どこで見た？」

レイリアの言葉を遮るようにウィルフレッドが訊いてきたので、レイリアは簡潔に答える。

「あそこの女神の銅像のところ」

「どっちから来た？」

「食堂方面から」

「ということは、宝物庫のほうからってことだな」

「方向的にはそうね。でも、彼女が宝物庫の場所なんて知っているわけないわよね」

けれど、パーティーの招待客がそんなところに迷い込むはずがない。だからやはりハンナはあやしいとは思う。思うのだが……。

ウィルフレッドは目を細めて頷いている。顎に手を当てて何かを考えているらしい彼に、レイリアは続けた。

「彼女、独り言を言っていたのよ」

しかしウィルフレッドは興味がなさそうで何の反応もしなかった。彼の代わりにキーファが問いかけてくれる。

「なんて言っていたんだ？」

「ウィルフレッド様は私のものよ」

ハンナの言葉をそのまま口にしたら、どうでも良さそうな様子だったウィルフレッドが即座に食いついてきた。

「聞こえなかった。もう一回言ってくれ」

ウィルフレッドがずいっと近づいてくるので、レイリアはキーファのほうに体を寄せながら繰り返した。

「ウィルフレッド様は私のものよ。って彼女が言っていたの。あの甲高い特徴的な声は聞き間違いようがないわ」

なぜか目を閉じてレイリアが繰り返すのを聞いていたウィルフレッドは、瞼を開けた時には眉間に深いしわを寄せていた。

「誰があの女のものだ」

責めるように言われ、レイリアはすぐさま言い返す。

「知らないわよ。彼女がそう言っていたんだもの。ウィルが何か勘違いさせるようなことをしたんじゃないの？」

「するか。俺はああいう女は苦手だ」

「そんなこと言っても、ウィルは誰にでも良い顔するじゃない。あんなふうに優しくされたら勘違いしても仕方ないわよ」

レイリアがぷいっとそっぽを向くと、ウィルフレッドは不愉快そうな声で反論した。

「優しくなんてしてない。どうでもいいと思っているだけだ」

「ウィルはどうでもいい人に優しい顔するの？　私には全然優しくないくせに」

「優しくしているだろう。むしろ、俺はお前にだけ優しくしてる」

ウィルフレッドがきっぱりと断言したので、レイリアは「はあ？」と彼を睨み上げた。

「どこがよ？　嫌がらせばかりしてくるくせに」

今にも胸ぐらを摑みそうな勢いのレイリアに、ウィルフレッドも「はあ？」と馬鹿にしたようにレイリアを見下ろした。

「嫌がらせなんてしてない。俺がこんなに優しくしてやってるのに記憶に残ってないのか？　お前、脳みそちゃんとあるのか！」

「それはこっちの台詞だわ。いつも私を泣かせようとするじゃない。泣いたら泣いたで嬉しそうにするし、もういい大人だっていうのに、嫌がらせがひどくなってるってどういうこと？」

「あれは嫌がらせじゃなくて……！」

ウィルフレッドが焦ったように何かを言いかけた。しかし突然口を噤《つぐ》んでしまう。

「まあまあ、二人とも落ち着いて」

苦笑したキーファが、レイリアとウィルフレッドの間に入ってきた。理由を言わないウィルフレッドに苛立ったレイリアは、キーファを押しのけてウィルフレッドと真正面か

ら目を合わせる。

「嫌がらせじゃなかったら何なのよ？　ちゃんと言って」

ウィルフレッドの瞳が揺れた。

言いよどむなんてウィルフレッドらしくない。いつもは人が傷つく言葉も平気で言ってくるくせに。

「そこまでだ」

強い口調でキーファが言った。普段滅多に使わない低い声を出したキーファに、レイリアとウィルフレッドは驚いて彼を見る。

言い合いが中断したことに満足そうな顔をしたキーファは、にっこりと微笑んだ。

「二人とも気づいていないみたいだけど、ウィルに用事がありそうな人が待ってるぞ」

キーファが手で指し示した先に、使用人の服を着た男性が立っていた。彼はキーファに一礼すると、ウィルフレッドに歩み寄る。

「ウィルフレッド様……」

男性が耳元で何か言うと、ウィルフレッドは分かったと言うように大きく頷いて彼を下がらせた。そしてレイリアとキーファを見る。

「少し出てくる」

短く言って、ウィルフレッドは身を翻した。

「え？」

「今すぐにか？」

突然のことに、レイリアとキーファは、足早に玄関へ向かったウィルフレッドの背中を呆然と目で追う。

人様の家に、おさななじみとはいえ家の者でない二人が残されてしまった。ウィルフレッドはレイリアから目を離さないと言っていたくせに、こんなにもあっさりと置いていかれてしまうとは。

「調査はどうするのよ……」

途方に暮れるレイリアに、キーファが安心させるように微笑んでくれた。

「ウィルが戻ってくるまでに、塀の内側を一周してみようか。もしかしたら門以外のどこかに侵入できる場所があって、そこから外部の人間が忍び込んだのかもしれないだろう？」

なるほど。やはりキーファは頼りになる。

レイリアは大きく頷き、彼とともに庭へ向かった。


庭師がきちんと手入れしているシルヴェストリ家の庭は、刈り込んだ植え込みにより四つの小さな庭園に分かれている。装飾花壇の庭、小ぶりの噴水がある庭、彫像の庭、珍しい木や薬草が植えてある庭だ。

屋敷の表側にある装飾花壇の庭と噴水の庭は見通しが良過ぎるので、裏側にある彫像の庭と木の庭でよく遊んでいた。かくれんぼはもちろん、追いかけっこなどもした覚えがある。

レイリアたちは庭師に挨拶を済ませた後、裏側の木の庭あたりの塀から時計回りに一周することにした。

シルヴェストリ家の屋敷は広いので、一周するには時間がかかりそうだ。それでも、見落としがないように注意深く辿っていく。

「悠長にしていて大丈夫か？」

時間をかけて半周したあたりで、突然キーファがそう言った。

「ゆっくりすぎるかしら？」

歩くのが遅過ぎたのだろうかと思ったが、キーファが言いたかったのはそのことではなかったようだ。

「さっきリアが言っていた公爵令嬢のハンナだけど、ウィルと結婚しようと躍起になっているらしいぞ。ウィルは伯爵家の嫡男であの容姿だから、ハンナだけじゃなく他の令嬢たちも必死だと聞いた」

窺うように顔を覗き込まれ、レイリアはきょとんとしてしまった。

ハンナがウィルと結婚しようとしているのは初めて知ったが、店で見た媚びるような態度を思い出せば、彼女にその気があるというのは頷ける。別れ際には豊満な胸をこれ見よがしに押しつけていたし……。それに他の女性も、ウィルフレッドを見る目が恋する乙女だった。

複雑な気分ではあるが、ウィルフレッドが女性に人気があることは承知している。

「ちゃんと捕まえておかないと、他の女に奪《と》られるぞ。ウィルと婚約するんだろ？」

言われて、そういう設定になっていたことを思い出した。先ほどまで、子どもの頃のようにウィルフレッドとキーファと三人でいたせいで、すっかり忘れていた。

そうだ。ウィルフレッドがキーファにそんなことを言っていたのだ。

キーファが心配してくれているのは分かる。けれどレイリアは素直に彼の助言を聞くことはできなかった。

婚約云々が嘘だからだ。

――キーファに嘘をつきたくない。

レイリアはきゅっと唇を引き結んだ。

キーファはもう事件のことを知っているのだから、レイリアがなぜ家に帰れないのか打ち明けてもいいのではないだろうか。

そう思い、レイリアは彼に本当のことを話す決意をした。

「違うのよ。本当は、婚約なんてする予定はないの。婚約者見習いっていうのはでまかせで、私がここにいるのは――」

レイリアは、宝石が盗まれた後に自分のドレスから睡眠薬が出てきて、容疑者の一人になったことを告白した。ウィルフレッドはレイリアを犯人だと決めつけたわけではなく、話し合いの結果、犯人を見つけるまで一緒にいることになったことも告げる。

怪訝そうな表情で話を聞き始めたキーファは、次第に難しい顔になっていった。すべて聞き終えた彼は何を考えているのか、少しの間俯いていた。

しかし顔を上げた時にはいつもの穏やかな表情のキーファに戻っていたので、レイリアはほっとする。

「話は分かった。急いで宝石を見つけないといけないな」

キーファの優しい声に、レイリアは自然と笑顔になった。

「ええ。早くウィルから解放されて家に帰りたいわ」

それは本音ではあったが、彼と離れたら寂しくなるのは分かっていた。

レイリアのそんな気持ちに気がついているのか、キーファは穏やかな口調のまま言った。

「リアは、ウィルが他の女と結婚してもいいと思うか？」

それは……よくはない。想像しただけで胸がひりひりする。

けれど、素直に答えるのはなんだか気恥ずかしかった。

「他の人に奪《と》られるのは、嫌……なような気がしないでもないわ」

これが今の精一杯の返事だ。するとキーファは、苦笑してレイリアの頭に手を置き、髪の毛をぐしゃりとかき乱した。

「素直じゃないな」

可愛げのない答えなのは分かっている。けれど、レイリアはいつもキーファにウィルフレッドの愚痴を零していたのだ。そんな相手に気持ちを素直に口にするなんてできない。

唇を引き結んだレイリアに、キーファは「分かってる」と笑った。

「リアは、ウィルのことに関してだけは素直じゃないんだよな」

「そんなこと……」

ないとは言い切れなかった。言われてみれば、確かにそうなのかもしれない。

姉たちのしつけのおかげで、聞き分けのない子どもだと言われたことはない。逆に素直過ぎると呆れられるほどだった。

けれどウィルフレッドに対しては素直になれない。いつもきついことを言ってしまう。

でもそれはウィルフレッドが悪いのだ。彼はレイリアに嫌がらせをしてくるし、すぐに馬鹿にするから。

そんな相手に言い返さないなんて、レイリアにはできない。従順な態度なんてとったら、何をされるか……。

それでなくても、最近は毎晩気を失うほどのことをされているのに。あれ以上のことをされたらレイリアの身がもたない。

「後悔するなよ」

ぽつりと吐き出されたキーファの言葉には、それまでにない重みがあった。

キーファは何かを後悔しているのだろうか。訝しく思って視線を向けると、また優しく頭を撫でてくれた。

「覚えているか？　ウィルから隠れ場所のヒントをもらったのに、結局リアがウィルを見つけられなくて泣いたこと」

唐突に昔話をされ、レイリアはぎこちなく頷く。

「ヒントの絵をもらったことは覚えているわ。私、泣いたかしら？」

「大泣きしたよ。それで俺がリアをあやしていたら、ウィルが慌てて走って来て『リアを泣かせていいのは俺だけだ』って言ってすごい剣幕で怒り始めて。泣かせたのはウィルなのにさ」

楽しげなキーファの話を聞いていたら、レイリアの断片的な記憶が徐々に繋ぎ合わされていった。

「そうだったわ。ウィルのヒントの絵は噴水なのかと思って噴水の庭を捜したのに全然見つからなくて、他の庭も捜し回ったのよ。それでも見つからなくて泣いちゃったのよね」

「俺はたまたま近くに隠れていたからすぐに駆けつけただけなのに、ウィルに本気で怒られたんだ。理不尽だよな」

キーファは肩を竦める。確かに、あれは理不尽だった。

「本当に。ウィルは勝手なことばかり言うのよね。だからその後、見つけられないのはウィルの絵のせいだって言って喧嘩になって。……あ、そうだ。これを見てよ。ウィルってば、今でも全然絵が上達していないのよ」

料理店でこっそりとポケットにしまっていたウィルフレッドの絵を取り出し、キーファに見せる。

もともとキーファに見せようと思って持ち帰ったものだが、ウィルに反撃する武器にもなるかと思って、あれからずっと持ち歩いていたのだ。結局、今まで使われることはなかったが。

かぼちゃとにんじんと毛玉にしか見えない三枚の絵が、盗まれた宝石とキーファとレイリアだと説明すると、キーファは絶句した。

「ね？　ある意味芸術的と言ってもいいほど下手でしょう？　……そうそう、思い出したわ。結局大泣きして、ウィルと喧嘩した後、おやつを食べに食堂に行ってから仲直りしたんだったわ。食堂ではおばさまがまだ絵を見ていて、おやつが終わっても微動《びどう》だにしなくて……」

昔話に花を咲かせて弾んだ気持ちになっていたレイリアだったが、記憶の中の何かが引っかかり、「あれ？」と眉を寄せた。

「どうした？」

首を傾げるキーファを見ながらも、引っかかりが何かを懸命に考える。

ウィルの絵と、食堂の絵画。

思い出した。ふたつに共通するものがあったのだ。

「……あのパーティーの日、慣れないハイヒールでうまく走れなくて壁にぶつかったの。そしたら絵を床に落としてしまったのよ。慌てて拾ってみたら……額の裏に傷がついていて……。今分かったんだけど、あれ、傷じゃなくて誰かが故意に何かを描いたんだわ」

「何が描かれてあったんだ？」

キーファの声が遠くに感じる。レイリアは目を閉じて記憶を探った。

自分の中で整理をしながら、独り言のように口にする。

「あれって……ウィルの絵に似ているのよね。落とした時は傷をつけてしまったかと思って焦ってたからよく見なかったけど、今なら分かるわ。あれは……」

「何だった？」

眉間に深いしわを寄せながら考えるレイリアに、キーファが先を促すように言った。

多分……と前置きしてから、レイリアは最初に通った木と薬草の庭の方角を指した。

「木の庭園の端に、根元の形に特徴のある木が植えてあるわよね？　あの木の絵だわ」

記憶を結びつけることができてすっきりしたレイリアは、清々しい笑顔になった。しかしすぐに疑問が湧き上がる。

「でも、どうしてあんなところに絵が描かれてあったのかしら？」

「随分昔の絵だし……子どもが落書きしたんじゃないか？」

そうか。何代も前からシルヴェストリ家に預けられていたのだ。その間に誰かに悪戯《いたずら》されていてもおかしくはない。

「そうね」

ウィルフレッドの絵と似ていると思ったから思い出せたのだが、よく考えれば、確かに子どもはみんなみみずが這ったような絵を描く。ウィルフレッドの絵の才能は子ども以下だが。

問題が解決した気分で、レイリアは機嫌よく塀の確認の作業を再開した。その時、リンゴーン……と昼を告げる鐘が鳴った。

「あ……、そろそろ行かないと。リア、途中で申し訳ないけど俺は仕事に行くよ。リアがここにいること、父さんには俺からうまく言っておく」

「ありがとう」

暇だと言っていた午前が終わったので、キーファは仕事へ戻っていった。父が帰って来るといっても、稼ぎ頭のキーファはいろいろと忙しいのだろう。

一人残ったレイリアは食堂に行こうかと迷ったが、ここにいる間はご飯を我慢するのだという決意を忘れてはいなかった。

――我慢よ。我慢。

きゅるる～と鳴る腹の虫を無視して、塀に沿って歩き続けた。空腹でふらふらするが、気の持ちようでどうにかなるはず、と自分を奮い立たせる。

だが、花壇の庭に来たあたりで、突然、後頭部にガツンという衝撃を受けた。

痛みを感じたのは一瞬で、何が起きたのかと確認するために振り向こうとする自分の意思に反して体が前方に傾いていく。

意識を失う前に見えたのは、ウィルフレッドの目の色のような赤茶色の花だった。

❀ ❀ ❀

ウィルフレッドは、御者に急ぐように告げて馬車に乗り込んだ。

つい先ほど、父の知り合いの警備長に頼み、事件の当日に警備をしていた警備員に話を聞いてきたところだった。

仕事や休みの関係で全員はいなかったが、扉の前で眠らされていた警備員のうちの一人と休憩室で寝ていた者に再度事情聴取ができた。

するとおかしなことに気がついたのだ。

当日は、扉の前に立つのは二人で、一人ずつ交代して三人で順番に休憩をとるという仕組みにしていた。

軽く仮眠をとったその警備員は、新しく用意されていたポットのお茶を飲んで交代した。その後に突然眠くなったと言った。そして、交代して休憩室に行った警備員は、ポットのお茶を飲んでそのまま寝入ってしまったと証言した。

――では、今日話を聞けなかったもう一人は？

事件があった日、レイリアが身体検査で気絶した後、警備員たちには一度話を聞いていた。その時は三人同時に聞いたのだが、三人ともポットのお茶を飲んだ後の記憶があやふやだという話だった。

その時にウィルフレッドがあやしまなかったのは、今日話を聞けなかった警備員にも、『我慢できないほど喉が渇いていたから、休憩室に行った警備員にお茶を持ってきてもらって飲んだ』という旨の話をされたからだ。休憩に入った警備員はお茶を持って行ったことをはっきりとは覚えていなかったが、頼まれたことは忘れていなかったし、「持って行ったような気もする……」という回答だった。

ウィルフレッドがあの時にもっと追及すれば良かったのだ。そうすればポットを持ってこさせようとしたその警備員があやしいと気づけた。その警備員は本当はポットのお茶を飲んでおらず、宝物庫から宝石を盗み出して共犯者に渡してから、扉の前で寝たふりをしていたということだ。

けれどあの時は、早くレイリアが眠っているベッドに戻りたくて、彼らの話を深く考えなかった。レイリアの痴態のことで頭がいっぱいになってしまっていたのだ。

普段のウィルフレッドなら疑っていたのに。

これはウィルフレッドの失態だ。だから早く犯人に自供させて宝石を取り返さなければ。

――犯人の目処はついている。

警備員の詰め所を出た後に側近からもたらされた情報と、レイリアの目撃証言と、何気なくしていたキーファとの会話。その三つが繋ぎ合わさった時、ウィルフレッドの中に、ある人物が浮かび上がった。

ウィルフレッドの推測どおりであれば、犯人は宝石を売ったりはしていないだろう。自分で大切に保管しているはずだ。

ウィルフレッドの命令どおり、出来る限りのスピードを出して急いだ馬車は、それからすぐに目的地に到着した。伯爵家の馬車はスムーズにその敷地に入ることができた。

馬車から降りたウィルフレッドは、玄関に立つ使用人に簡潔に言った。

「ハンナ様にお会いしたいのですが」

すると使用人は申し訳なさそうな顔になった。

「ハンナ様は先ほど外出なさいました。お客人が訪問されてすぐに出て行かれたのですが、急いでいらっしゃるご様子でしたので……」

最後まで聞かずに、ウィルフレッドは馬車に戻った。

「すぐに屋敷に戻ってくれ」

御者に告げると、彼は手綱《たづな》を巧みに操り急いで馬首をめぐらせた。

――リアが危ない……！

流れ行く景色をじりじりとした思いで見つめながら、ウィルフレッドはぎゅっと拳を握り締めた。

七章

最初はじりじりとした熱を感じるだけだったが、次第にズキズキと痛みがひどくなった。

——これ、絶対に大きなたんこぶができてるわ。

後頭部の痛みに耐えながら、レイリアはゆっくりと目を開ける。

焦点が合わずぼんやりとした視界には、緑が一面に広がっていた。窓の外は噴水のある庭園になっているらしい。

「綺麗……」

思わず声が出た。すると近くで衣擦れの音がしたので、レイリアは音がしたほうに顔を向けた。

「あら、起きたの」

甲高い声が、起き抜けの耳に痛い。

斜め前のソファーに優雅に座っていたのは、体の線が分かる妖艶なドレスを着たハンナだった。

なぜハンナが……と思いつつ、レイリアは自分の状況を確認する。

今は右側を下にして横になっているようだ。腕を後ろで縛られているので、転がされていると言ってもいい体勢である。更に、転がされているのはソファーの上らしい。ふかふかの感触が心地良い。

何とも親切な誘拐犯だ。

それとも、貴族の令嬢というのは育ちが良過ぎて、人を床に転がすという発想がないのかもしれない。

「ここは、公爵家の別邸よ。景色が素晴らしいでしょう？」

ハンナは、悪いことをしているとはちっとも思っていないようだ。自慢げに庭園を眺めている。

普通、誘拐した人間に居場所を教えるだろうか。やはりお嬢様というのは少しずれている。

がっくりと体の力を抜き、レイリアはソファーに突っ伏した。瞬間、視界の端に男が映り込み、慌ててそちらを警戒する。

レイリアが横になっているのは、コの字に置かれたソファーの真ん中で、ハンナが座っているのはレイリアから見て右側である。レイリアとハンナのソファーが少し離れていて、その空間になっている部分に男が一人立っているのだ。

男と目が合った。無表情にこちらを見るその顔に見覚えはない。

「彼にあなたを連れて来てもらったのよ。少々手荒い手段をとったみたいだけど……具合はどうかしら？」

ハンナは嫣然《えんぜん》と笑みながら、庭からこちらに視線を戻した。

「頭が割れるように痛いわ。割れていない？」

「まあ、割れていたら大変だわ」

レイリアが即座に答えると、彼女は慌てたように席を立とうとした。しかし男がそれを制し、感情のこもらない口調で言った。

「割れてはいません。たんこぶができているだけなので、痛みも少ないはずです」

「そうなの？　それならいいけれど……」

立ち上がりかけたハンナが再び腰を下ろす。

殴られた腹いせに大袈裟に言っただけなので、まさか心配するような反応が返ってくるとは思わなかった。

こんなに信じやすくて大丈夫なのだろうか。

レイリアが心配してしまうほど、ハンナは素直な性格のようだ。

「どうして私をここに連れて来たの？」

ハンナの性格を把握したレイリアは、直球で訊く。こういう相手には、遠回しな言い方は通じないと思ったからだ。

「それは……あなたに訊きたいことがあるからよ」

言いながら、ハンナは不機嫌そうな顔になった。

「何？」

公爵令嬢にこんな口のきき方をするのはまずいのは分かっているが、頭を殴られて誘拐された身としては、この誘拐の黒幕であろう彼女に敬語を使う義理はないと思うのだ。

「あなたがウィルフレッド様と婚約するというのは、本当のことなの？」

射るように睨まれ、レイリアは「またその話か」と頭を抱えたくなった。縛られていて腕を上げることができないので、代わりにソファーにぐりぐりと額を押しつける。

キーファに本当のことを話した後だというのに、関係のない彼女にまたその話を蒸し返されるとは。

――あれ？　でも……。

レイリアは首を捻る。

婚約云々の話は、ウィルフレッドがキーファに話しただけだ。ウィルフレッドの使用人たちもそういう話をしていたようだが、こんなにすぐにハンナに伝わるだろうか。

「どうしてその話を知っているの？」

睨み返すようにハンナを見ると、彼女はすぐさま返事をした。

「聞いたからよ」

「誰から？」

鋭く問うレイリアに、ハンナはにっこりと微笑む。

「知らない男。情報提供者って言うのかしら」

うふふ……とハンナは得意気に笑ったが、レイリアの意識はすでに彼女には向いていなかった。

その情報提供者はシルヴェストリ家の人間だろうかと考えていると、ハンナは猫なで声で言った。

「ねえ、お願い」

顔を上げたレイリアは、こちらのソファーに移動してきたハンナを目で追う。

「ウィルフレッド様に二度と会わないで欲しいの。その代わり、欲しいものは何でもあげるわ。何が欲しいかしら？　お金？　ドレス？　お菓子？　宝石？　それとも土地？」

女の子が好きなものから、非常に高価なものまで楽しそうに挙げていくハンナは、レイリアが断るとは思っていないようだ。

お金で動かない人間はいないとでも思っているのかもしれない。

こういう人間とは関わり合いになりたくない。人の心を考えないやり方が一番腹が立つ。

レイリアはふんっと腹筋に力を入れ、自力で上半身を起こした。そして、ハンナと同じ目線になりきっぱりと断る。

「何もいらない。あなたの指図は受けないわ。それに、私がいなくなってもウィルがあなたを選ぶとは限らないでしょう」

ハンナはきょとんという顔をして、「何を言っているの？」と呟いた。

「ウィルフレッド様は私と結ばれる運命なのよ。だって、私以上に美しい女性はいないでしょう？　私以外の誰を選ぶの？」

本気でそう思っているらしい。純粋な瞳で、「そうでしょ？」と言うようにレイリアを見つめてくる。

――どこかで聞いた台詞だわ。

レイリアは一瞬怒りを忘れてしまった。

自分が一番美人だと思っている人種をレイリアは何人も知っている。――姉たちだ。ハンナも姉たちと同種なのだろう。

こういう人種の中で育ってきたレイリアは、ハンナの言動をすんなりと理解した。

ハンナは本気なのだ。本気でウィルフレッドと自分が結ばれる運命だと信じている。きっと、何でも自分の思い通りになる世界で育ってきたのだろう。そこによく分からない異物であるレイリアが現れたというわけだ。分からないものは消してしまえばいいと思っているのかもしれない。

姉たちならきっと、こんなふうに恋敵を標的にはしない。自分の魅力だけで相手を振り向かせるだろう。同じ人種でも、そこがハンナと姉たちとの違いだ。

そんなふうに考えると、キーファやウィルフレッドから不評だった姉たちの評価も、少しだけ上がる気がした。

「あなた、キーファ様やお姉様たちとまるで似ていないのね。もし似ていたらほんの少しだけ分が悪い気もするけれど……でも、美しさでは私のほうが何十倍も上よ」

ちょうど姉たちのことを考えていたので少し驚いた。容姿のことを言われたら何も言い返せない。なにせそのとおりなのだから。

「だからウィルフレッド様から手を引いて。あなたがどんな汚い手を使ってウィルフレッド様との婚約にこぎつけたかは分からないけれど、あなたでは不釣り合いよ」

高圧的にハンナは言った。その口調は気にならないが、『汚い手を使って』という言葉に、レイリアはかちんときた。

レイリアが婚約という嘘をついたわけではない。それに、脅迫までして無理やりレイリアを傍に置いているのはウィルフレッドのほうだ。なぜレイリアが卑怯な真似をしたと言われなければならないのか。

「私は好きでウィルと一緒にいたわけじゃない。でも、あなたの言葉に従ってウィルと離れる気は毛頭ないわ」

断固拒否するという意思を伝えると、ハンナはわなわなと震え出した。

「あなたがその気でも、これは私が持っているのよ。つまりウィルフレッド様の結婚相手は私だってことなの」

言いながら、ハンナはずぼっと自らの豊満な胸の谷間に手を突っ込み、その中から何かを取り出した。

――胸の谷間！　本当に、そんなところに隠す人がいるのね！

レイリアは、ハンナの手の中にあるものよりも、谷間に何かを隠す人間が実在するのだということに衝撃を受けた。

ウィルフレッドの身体検査は筋のとおったものだったらしい。胡散臭いと思って申し訳なかった。

レイリアが呆然としていると、突然、部屋の入り口のあたりががやがやと騒がしくなった。振り向くと同時に、扉がばたんっと乱暴に開かれる。

「お邪魔しますよ、ハンナ様」

使用人の制止を振り切って入って来たのは、猫を被り優しい笑みを浮かべたウィルフレッドだった。

「ウィルフレッド様！」

「ウィル！」

ハンナが嬉しそうな声を出す一方で、レイリアは驚きの声を上げる。

ウィルフレッドの髪が乱れているからだ。もしかして走って来たのだろうか。

「ウィルフレッド様。お会いできて嬉しいわ。でも、どうして私がここにいるってお分かりになったの？」

ソファーから立ち上がったハンナは、くねくねと腰を振りながらウィルフレッドに歩み寄った。そして甘えるように彼の腕にもたれかかる。

恋人同士のような雰囲気の二人に、レイリアの胸がちくちくした。彼への気持ちを自覚した後なので、この症状は嫉妬だと分かる。

ウィルフレッドはハンナを振り払うことはせず、にっこりと微笑んだ。

「公爵家の馬車で移動すれば目立つに決まっていますよ」

お前ら馬鹿だろう。とその目が言っているのが、今まで散々鍛えられてきたレイリアには分かった。笑っているのに目が冷たいのだ。

しかしハンナはまったく気がつかない様子で、まあ……と口元を手で覆った。

「それに、そちらの男性が……」

ウィルフレッドはハンナの後ろに立っている男を手で指し示し、にこやかに続ける。

「今日の昼前に、宝石盗難事件の混乱で忘れ物をしたと言って我が家の敷地内に入り、その数十分後、大きな袋を抱えて裏口から出て行ったのを使用人が目撃しているんですよ。不審に思った私の側近が追いかけたのですが、気づきませんでしたか？」

気づいているわけないよな。とウィルフレッドが内心嘲《あざわら》っているのが見え見えだが、やはりこれもハンナには通じないらしい。

今の言い方からして、この男はパーティーの時に屋敷にいた人物らしい。招待客か、もしくは増員された警備員か。――雰囲気や格好を考えると、警備員だろう。

そしてこの男が、レイリアを殴ってシルヴェストリ家から連れ出したに違いない。それをウィルフレッドの側近が追って来てくれて、ウィルフレッド本人もこうしてやって来てくれたのだ。

「まったく気づきませんでしたわ。ウィルフレッド様の側近は優秀ですのね」

自分の危機にも気づかず、ハンナはウィルフレッドを称《たた》えた。

ウィルフレッドの性格が悪いことを知らないハンナは、すべて言葉どおりに受け取っている。もう少し危機感を持ったほうがいいと忠告したくなった。

「リア」

ウィルフレッドに名を呼ばれたので、レイリアは立ち上がる。腕は縛られていても足は自由だ。

「……腕はどうした？」

レイリアの姿を見て、ウィルフレッドの片方の眉が上がった。

「縛られているわね」

「……他には？」

「頭にたんこぶがある程度かしら」

「……そうか」

レイリアが端的に答えると、ウィルフレッドの笑みが深くなった。その顔を見て、レイリアはぞっとする。

ウィルフレッドは、本気で怒っていた。

「リア、こっちに来い」

命令口調で言われ、レイリアは躊躇った。命令口調に腹が立ったわけではなく、怒ったウィルフレッドの傍に行くのが嫌だったのだ。

レイリアは、こんなふうに怒った彼を見たことがない。これからどう変化するかも分からないので、迂闊には近づきたくなかった。それに、囚われの身の自分がやすやすと動けるはずがないではないか。

「来い」

再度言われ、レイリアは溜め息を吐きながらウィルフレッドのもとへ向かう。

「ウィルフレッド様……？」

さすがのハンナも異変に気がついたのか、ウィルフレッドの腕を放した。それを見て、レイリアはほっと息を吐く。

ハンナが、ウィルフレッドの逆鱗に触れても気がつかない鈍感でなかったのが救いだ。もしこれ以上彼の神経を逆撫でするようなことでもしたら、レイリアまでとばっちりを食うことになるだろう。

ウィルフレッドに近づくにつれ、空気がひりひりとしたものになる。レイリアの足取りは重くなった。

ハンナは呆然としているため、人質であるレイリアが動いても咎めようとしない。しかし、警備員がレイリアの動きを止めようと近づいたところで、ハンナは、はっと我に返ったようにそれを制した。ウィルフレッドをこれ以上怒らせないためには賢明な判断ではあるが……警備員ではなくレイリアを止めてほしかった。

レイリアが手の届く範囲まで近づくと、ウィルフレッドはぐいっと肩を抱いてきた。そして後頭部を注視してたんこぶを確認し、片手でいとも簡単に腕の拘束を解いてくれる。

「これは、どういうことですか？」

レイリアの腕を縛っていた縄を顔の前で振り、ウィルフレッドはハンナを見下ろした。

「それは……暴れると危ないからって……」

おどおどとした様子で、ハンナは警備員に顔を向ける。警備員がレイリアを縛ってソファーに転がしたのだろう。

「その男性は、公爵家の使用人ですか？　警備員だったはずでは？」

「私が引き抜いて、公爵家の使用人に……」

「ああ……買収して使用人にしたのですね」

ウィルフレッドは冷たく警備員を睨んだ後、ハンナに視線を戻し、「本題です」と前置きして話し出した。

「数日前、料理店の外でリアが誰かに背中を押されたと言うから、目撃者を捜させていました。そうしたら今日になって、リアの背中を押してすぐに逃げ出したあなたを見かけたという人に行きつきましてね」

ハンナの顔がさあっと青ざめた。レイリアも驚きで口をあんぐりと開ける。

「その報告を受けてあなたの家に行ったら、急いで外出したと言われました。屋敷に引き返したら、リアが何者かに連れ去られたというじゃありませんか。しかも、リアを袋に入れて連れ去った男が、パーティー当日に宝物庫の警備をしていた者だと。二人は共犯だったわけですね」

そこまで言って、ウィルフレッドは一旦口を閉じた。そしてハンナと警備員を交互にゆっくりと見てから、小さく首を傾げる。

「持っているのでしょう？　私の宝石を」

口調は優しいのに、何とも言えない圧力を感じて鳥肌が立った。

レイリアは、明らかに怒気を滲ませているウィルフレッドを盗み見る。直視するのが恐ろしいからだ。

「……これ」

恐る恐るハンナが握っていた手を広げた。

彼女の手の中には、青い石があった。透明度は高いが歪な形をした石である。

先ほど胸元から取り出したのはこの石だったのだ。

「返してくれ。それはあんたが持っていていいものじゃない」

ウィルフレッドはふと笑みを消し、手を差し出した。猫を被るのをやめたのか、口調が乱暴だ。

「どうして？　これは私のためのものだわ」

ハンナは急変したウィルフレッドにびくっと体を震わせながらも、再び石を握り込んだ。

そして首を振ってぶつぶつと言い募る。

「これを持っていればウィルフレッド様と結婚できるのだもの。絶対に渡さない。この石は求婚するための石なんでしょう？　私が持っているのだから、ウィルフレッド様は私に求婚するべきよ」

そういう意味のある石だったの？　とレイリアがウィルフレッドに訊く前に、彼が眉をひそめた。

「するわけないだろう」

「だって、あの人が言っていたもの！　この石を持っていればウィルフレッド様と結婚できるって！　だから私……！」

勢いよくまくし立てたハンナは、必死の形相でウィルフレッドを見据えた。

「だから盗んだってことか。誰にそんなでたらめを吹き込まれたか知らないが、その宝石はあんたのために用意したものじゃない。返せ」

低く鋭い声で言って、ウィルフレッドはハンナの手を掴んで無理やり取り戻そうとした。

「嫌……！」

しかし、ハンナは体を捩ってウィルフレッドから逃げようとする。そこへ、後ろに控えていた警備員が素早く二人の間に割り入った。

「やめてください」

警備員がウィルフレッドの腕を掴んでハンナから離す。すると次の瞬間、ウィルフレッドが肘を曲げながらぐるりと手首を回転させて掴まれた腕を外した。そして素早く相手の腕を掴み返し、そのまま背中で捻り上げる。

慌てて公爵家の使用人がウィルフレッドを止めようとしたが、「下がれ」と一喝されてすごすごと退散した。

「お前がリアを殴って縛ったんだな」

ウィルフレッドは警備員の耳元で凄んだ。問いかけではなく、確認だった。

警備員は答えなかったが、最初から答えを聞く気はなかったらしいウィルフレッドは、抵抗する警備員の腕を捻り上げたまま、彼の首を掴んで押し倒した。

ごんっと鈍い音がして警備員が顔面から床に倒れる。

「……っ……」

呻き声が聞こえるが、それに構わずウィルフレッドは彼の背中に乗った。ウィルフレッドの体重が警備員を圧迫する。

「ううっ……！」

「リアの頭を殴るなんて、ひどいことをする。お前の頭をかち割ってやろうか？」

苦しむ警備員を見下ろしながら、ウィルフレッドは口角を歪めて奇妙な笑みを浮かべた。

「ぐう……っ……！」

「それに……リアを縛っていいと誰が言った？」

徐々に体重をかけていっているらしく、警備員の苦痛の声が大きくなっていった。ウィルフレッドの言葉は呻き声にかき消されそうになったが、レイリアの耳にはしっかりと届いた。

ウィルフレッドの許可がなければ縛ってはいけない、とも取れる言葉に、レイリアは

「ん？」と首を傾げる。

「リアを縛っていいのは俺だけなんだよ」

研《と》いだばかりの刃先のように鋭い声でウィルフレッドが言った次の瞬間、ごきっと嫌な音が聞こえた。

「ぐわあ……！」

警備員の悲鳴が上がる。腕が曲がってはいけない方向に曲がっているのが見えた。

あまりにも痛々しくて、ウィルフレッドの勝手な言い分はどうでも良くなった。

「ウィル、やり過ぎよ」

骨を折るのはいくらなんでもひど過ぎる。

レイリアは窘めたが、ウィルフレッドはこちらを見もせずににやりと笑った。

「まだまだ足りないだろう。お前らはそれだけのことをした」

ウィルフレッドの視線の先には、警備員とハンナがいる。凶悪な顔をしたウィルフレッドに、ハンナは泣き出しそうになっていた。

「ウィルフレッド様……どうして？」

うるうると涙をたくさん溜めた瞳で、ハンナは問う。美人の潤んだ瞳は威力があるが、ウィルフレッドはゴミを見るような目で見返した。

「被害者面するな。宝石を盗まれて、リアまで誘拐されたこっちのほうが被害者だろう。

早く宝石を返せ。早くしないと、あんたもこうなるぞ」

言い終わらないうちに、ウィルフレッドは警備員の反対側の肘《ひじ》を摑んだ。何をされるのか分かったのだろう、警備員が雄叫《おたけ》びを上げながらウィルフレッドを振り落とそうとした。

しかしそんな必死の抵抗も虚しく、ウィルフレッドの手が素早く動き、警備員の肘の関節を反対側に曲げようとした。

「ウィル！」

レイリアが慌てて叫ぶ。すると、ぴたりとウィルフレッドの動きが止まった。

ほっとしたレイリアとは対照的に、ハンナは恐怖に顔を歪めてわっと泣き出した。

「ひどい。ウィルフレッド様、ひどいわ！」

涙がボロボロと溢れ出し、美しい顔がぐちゃぐちゃになる。おそらく生まれて初めて目にした暴力の恐怖が、彼女の涙腺を崩壊させたのだろう。

わき目も振らずに取り乱したハンナは叱られた幼女のようで、妖艶な美女の跡形もない。

レイリアはちらりとウィルフレッドを見た。泣き顔に興奮する彼がどういう反応をするのか気になったのだ。

しかしウィルフレッドは、迷惑そうに舌打ちをした。

「面倒くさい女だな」

意外だった。

レイリアが涙を見せようものならすぐに襲いかかってくる彼が、嫌そうに顔を顰めている。自分の時とあまりにも反応が違うので、レイリアはウィルフレッドに近づき、確認のために声に出して言ってみた。

「ウィル……彼女、泣いているわ」

「ああ。泣けば許されると思ってる。女のずるいところだ」

予想に反して苦々しい口調が返ってきて、レイリアは目を丸くする。

「興奮しないの？」

レイリアが涙ぐむだけで鼻息の荒くなる男が、こんなに号泣している女性を見て何とも思わないのだろうか。

「するわけないだろう。醜《みにく》いとは思うが」

吐き捨てるようにウィルフレッドは言う。レイリアは訳が分からずに額に手を当てた。

「ちょっと待って。もしかして、いつも私が泣くと気持ち悪い顔……じゃなくて鼻息が荒くなるのって、泣き顔に反応しているわけじゃないの？」

憮然とした表情になったウィルフレッドは、じろりとレイリアを見た。

「失礼だな。あれは、お前の泣き顔だけに反応しているんだ」

「意味が分からないわ」

「お前の涙を見ると、俺の分身が元気になる」

お前だけだ、と言われても、その内容は嬉しくないし、そんな変態性癖を暴露して欲しかったわけでもない。

本気で言っているらしいのが難儀《なんぎ》だ。

レイリアがはあ～と大きな溜め息を吐き出すと、ウィルフレッドは面白そうに言った。

「本当のことだろ。お前だってもう分かってるんじゃないか？　まだ分からないって言うならすぐに屋敷に戻って……」

「なによ！　人が泣いているのを無視して、仲が良いのを見せつけないで！」

そこで、ハンナが甲高い声でウィルフレッドの言葉を遮った。

確かにハンナの言うとおり、ウィルフレッドの体の下で警備員が苦痛の声を上げていて、すぐ近くでハンナが号泣している状況でのこの会話はないだろう。

レイリアも止めたかったので、発狂しそうな金切《かなき》り声であったとしてもこの制止はありがたかった。

「ウィルフレッド様がそんな方だったなんて……」

ハンナは幻滅したような目をウィルフレッドに向けた。

それは、乱暴な物言いのことだろうか、暴力的なことだろうか、レイリアと仲が良いことだろうか、それともそれらすべてを指しているのか。

「俺にどんな夢を見ていたかは知らないが、もともとこんな性格だ」

普段は猫を被っているくせに、ハンナに幻滅されようが失望されようが関係ないらしく、ウィルフレッドは堂々と主張した。

レイリアは大きく首肯する。

「そうよ。昔からこんなふうにふてぶてしくて性格が悪かったわ。小さい頃は可愛らしかったような気もしたけど、思い返してみれば全然そんなことはなかったわね。思い出は美化されるって本当なのよ」

外面だけの男に騙されちゃ駄目！　とレイリアは真剣にハンナに言い聞かせた。

この世の中、ウィルフレッドのような猫被りの男に騙されて泣かされた女性は多いのだ。商人家系だと常に様々な情報が入って来る上、姉たちの交友関係の話を聞きかじっていたので、レイリアは他人の多種多様な人生を知っている。

「おい、聞き捨てならないな。性格が悪いとはなんだ。お前、俺のことを馬鹿にしてるよな」

ウィルフレッドの抗議が入ったので、レイリアはすぐさま言い返す。

「馬鹿にしているわけじゃなくて、事実をそのまま告げているだけよ。ウィルが自分に自信があるのは知っているけど、性格が悪いってことは自覚しておいたほうがいいわよ？　周りに迷惑がかかるじゃない」

人に嫌がらせばかりするのに、性格が良いわけがない。レイリアの体を弄び、おかしな反応をするようにしつけたくせに。なぜそれに気がつかないのか。

ウィルフレッドは少しの沈黙の後、はっとしたように顔を上げた。

「もしかして、お前、遠回しに他の女に構うなって言っているのか？」

なぜそうなるのか……。

レイリアは半眼でウィルフレッドを見返す。

「違うわ。本当は性格が悪いのに外面に騙される女の子がかわいそうだって話をしているの。ちゃんと私の話を聞いていた？」

「聞いていた。リア以外は俺を理解できないって話だろう？」

至極真面目な顔で頷くウィルフレッドに、レイリアは眉を吊り上げた。

「ち・が・う！」

勘違いしないで、と言いたいのに、「ちょっと！」と再びハンナに制止された。

「もう！　すぐにそうやって睦《むつ》み合うのはやめて！」

ハンナは、もう我慢できない、というふうに地団駄を踏んでいる。

巨乳がジタバタすると、乳房が大きく揺れる。レイリアは思わずハンナの胸に釘づけになってしまった。ゆさゆさと乳を揺らし、くねくねと腰の括れを揺らす彼女は、淑女らしからぬ振る舞いをしているとはいえ非常に色っぽい。たくさん食べるわりに、胸になかなか肉がつかないレイリアには非常に羨ましかった。

だが、ウィルフレッドの視界にハンナは少しも映り込んでいないのか、平然と入り口に顔を向けて顎を引く。

すると、見覚えのあるウィルフレッドの側近と使用人たちがバタバタと室内に入って来た。すぐさまウィルフレッドの下にいた警備員を縄で拘束し、連れて行く。

ぱんぱんとズボンの汚れを払ったウィルフレッドは、彼らの素早さに呆気に取られていたハンナににこりと笑って手を差し伸べた。

「返せ」

一瞬、優しい言葉をかけられるのかもしれないと期待したらしいハンナは、ウィルフレッドの冷たい声に、笑みを浮かべかけた顔を歪めた。

「返しますわ。あなたみたいな紳士からほど遠い乱暴者なんかと結婚したくありませんもの」

ハンナはウィルフレッドのほうに向けて宝石を投げ捨てる。素早くそれを空中で摑み取ったウィルフレッドは、手の中できらりと光り輝く宝石を見て嬉しそうに笑った。

見たところ、彼が言っていたとおりあまり高そうではない。透明度は高いが、形は歪で何の加工もしていなかった。

「後ほど、あなたからも事情を聞くことになります」

ウィルフレッドは先ほどまでの刺々しさを消し、穏やかな口調でハンナに言った。

言葉が丁寧なものに戻ったのは、宝石を取り戻したからだろうか。今更だが、猫を被り直したようだ。

「宝石を盗ったことは謝りますわ。でも、ちゃんと返したじゃない」

ハンナはつんっと顔を背けた。相変わらず彼女には罪悪感も危機感もないようだ。

「すでに父を通して公爵には話をつけてあります。……逃げられませんよ」

ウィルフレッドはにっこりと微笑んだが、声には抗いがたい威圧感があった。

ハンナは『公爵』という言葉に、一瞬にしてさあっと青ざめる。

「お父様に話したの？　ま、まさか、私、何か処罰を受けたり……」

「当たり前でしょう。公爵が隠蔽してくれるなんていう甘い考えは通用しませんよ。伯爵家の宝石を盗んだのですから、覚悟してくださいね。それ相応の処罰を受けてもらいます」

ハンナはわなわなと身を震わせる。そんな彼女に向けて、殊更優しい口調でウィルフレッドは言った。

「でも安心してください。表沙汰にはならないと思いますよ。……あなたが正直に全部話してくだされればね」

その顔は深い笑みを湛えているのに、目だけが凍てつくように冷たい。

ハンナは再び泣きそうになっていた。子犬のようにぷるぷると震えて、瞳に涙を溜めている。

冷淡な雰囲気をまとった男と、怯える美女。傍から見たら、どちらが悪役か分からなかった。

「ウィル、これ以上は……」

雨に濡れた子犬のようなハンナが気の毒になり、レイリアはウィルフレッドの腕に手をかけた。

するとウィルフレッドは、ひんやりとした空気を一瞬にして消し、にやりとレイリアに笑ってみせた。

「そうだな。これも返ってきたし、後は側近に任せて俺たちは帰るか」

手の中にある宝石を大切そうに握り込み、ウィルフレッドは顎で扉を示した。

宝石さえ戻ってくれれば彼は満足らしい。スタスタと歩き出したので、レイリアも慌てて足を踏み出す。

「あなたたち、野蛮なところがとてもお似合いですわ」

ぼそりと呟かれたハンナの言葉が聞こえたが、レイリアもウィルフレッドも振り返らなかった。

廊下に出ると、ウィルフレッドが歩を緩めてレイリアが隣に並ぶのを待ってくれた。足早に彼の横に並び、レイリアは口を開く。

「階段で私の背中を押したの、あの人だったのね……」

「ああ。大方、俺と一緒に来店したリアが気に食わなかったんだろうな。会う度に露骨に乳を押しつけて誘ってくるくらいだからな。よっぽど顔と体に自信があって、それで落とせると思っていたんじゃないのか？」

前を向いたままさらりとそんな告白をするウィルフレッドに、レイリアはその場面を想像してもやっとした。

「それなのに、顔も体も平凡な私がウィルの隣にいたから、カッとなっちゃったってこと？」

「可能性はある。自尊心が高そうだからな。でも、顔も体もお前のほうがよっぽど上等だろう？」

さらりと告げられた予想外の言葉に、レイリアは目を見開いてウィルフレッドの顔を仰ぎ見た。

彼は前を向いて歩いているが、その横顔に特に変化はない。ということは、今の言葉はお世辞でも慰めでもなく、偽りのない彼の本心だということだろうか。

——ううん。きっとすぐに「本気にしたか？」とか何とか言ってからかってくるに決まっているわ。

レイリアは、本気になどしていないという顔を作り、この後の展開を受け流すために身構えた。しかしウィルフレッドは何も言わず、眠そうに欠伸をする。

拍子抜けしたレイリアだが、油断した頃に言われるのかもと、チラチラとウィルフレッドの顔を窺う。すると、レイリアの視線に気づいたらしいウィルフレッドが、「なんだ？」と怪訝そうに首を傾げた。

レイリアは慌てて他の話題を探す。彼の口から『さっきのは冗談だ』という言葉が出てくることが嫌だと思ったのだ。

「え～と、あれよ。彼女はどうやって宝石を盗んだのかなって考えてて……」

咄嗟に出て来たにしてはうまい話題だ。

「ああ……それか。ここに来る前に事件当日に増員された警備員たちに話を聞いてきたんだが、彼らの話から推測すると……」

ウィルフレッドはすんなりと頷き、自分の考えを話してくれた。

彼が聞いてきた話では、ハンナがこっそりと買収した先ほどの警備員であり犯人が、尿意が我慢できないと言って、ほんの数分、持ち場を離れた時間があったそうだ。

それは本当に数分だったため、一緒に扉の前に立っていた警備員Aは不審にも思わず報告もしなかったらしい。その後、休憩が終わり交代しに来たもう一人の警備員Bが扉の前に立ち、警備員Aが休憩室に行った。扉の前に残ったのは休憩から戻った直後の警備員Bとハンナに買収された警備員だった。

休憩室に行った警備員Aは休憩室にあったお茶を飲んだ数分後に眠くなり、交代直後の警備員Bも扉の前に立った後すぐに眠くなったそうだ。ちなみに、その警備員Bは仮眠から目覚めた後、ポットのお茶を飲んでから交代したそうだ。

ウィルフレッドはこの話から、ハンナが買収した警備員が持ち場を離れた数分の間に休憩室に行き、警備員Bが仮眠をとっている隙にお茶に睡眠薬を入れ、何食わぬ顔で戻り、交代した警備員Bが眠るのを確認してから宝物庫を開けて宝石を盗み、見つかりにくい階段の途中かどこかで待っていたハンナにそれを渡してから、扉の前に戻って眠ったふりをしたのではないかと言う。

「彼女は宝物庫近くまで行って宝石を受け取ってから、パーティー会場に戻る途中で私に見つかったのね……」

レイリアは自分の考えをまとめるために声に出した。

そうか。宝石を受け取った後に迷子になり、あんなところを歩いていたということか。宝物庫までのルートも複雑ではあるが、あの屋敷全体が少々入り組んでいるのだ。宝物庫付近までは行けたのだから警備員から場所は聞いていたはずだ。けれど初めてあの区域に入ったのであろう彼女は、帰り道が分からなくなったに違いない。

レイリアが女神像のところで目撃しているのだから、もしかしたら、一旦食堂とは反対側にある使用人棟にでも入り込んでしまったのか。

なぜハンナがあんなところを歩いていたのかの謎は解けた。

その他のことは……と、ここに連れて来られてからのことを順を追って思い出してみる。

「彼女、私とウィルが婚約するのは本当かって訊いてきたのよ。どうしてその話を知っていたのかしら？　ウィル、どこかでそんな話をした？　使用人が他家の使用人にお話ししてしまったのかしら」

問うと、ウィルフレッドは僅かに眉を寄せた。

「キーファと偶然会ったあの店でしたのと、後は……リアが滞在する理由を訊かれたから確かにうちの使用人たちに話したな。口止めはしていないから、どこから漏れてもおかしくはない」

口止めをしていないなら仕方ない。しかしなぜ口止めしなかったのか。伯爵家の嫡男であるウィルフレッドが一介の商人の娘と婚約をするなんて外聞が悪いではないか。

レイリアは呆れながら、次の疑問を口にする。

「それと、宝石を持っているとウィルと結婚できるって嘘を彼女に吹き込んだのは誰なのかしら？　彼女、情報提供者がいるって言っていたわ。知らない男だって。その知らない男が宝石のことを話したのかしら？」

ハンナはなぜ宝石を持つ者がウィルフレッドと結婚できると思っていたのか。それが不思議だった。伯爵家の宝物庫から宝石を盗むなんて、見つかったら即刻憲兵団に捕らえられて牢に入れられてもおかしくない行為だ。危険を冒してまで宝石が欲しかったのだろうことは分かるが、なぜ結婚できるとまで思い込んでしまったのかが謎だ。

少しの沈黙の後、ウィルフレッドはふむ……と顎に手を当てた。

「結婚できると思い込んでいたのは、キーファが公爵家で、どこかの国の風習の話をしたからじゃないか？　ほら、昔、お前の姉たちが言っていただろう。求婚石で結婚相手を手に入れるとかなんとか……。あれって誰が言い出した話だったかな……」

レイリアが懸命に昔を思い出している間に、ウィルフレッドの眉間のしわが深くなっていた。

「どうしたの？」

問うと、ウィルフレッドは何かを振り払うように首を振った。

「……いや。あの女からそこらへんも詳しく聞き出さないと駄目だな」

「ええ。あとは睡眠薬ね。ウィルの部屋にあった睡眠薬を盗んだのだとしたら、そこに睡眠薬があると知っていた人物よね」

「もし俺のが盗まれたのだとすれば、な」

目を細めるウィルフレッドに、レイリアは腕を組んで難しい顔を作る。

「そして最大の謎は、私のドレスから出てきた睡眠薬よ」

あれはいったいどこで誰が……とあの日の記憶を辿りながらこれまで何度も考えてみた

が、どうしても思い当たらなかった。

レイリアがう～ん……と唸ると、ウィルフレッドが微かに笑った気配がした。彼を見ると、にやりとした意地の悪い笑みを向けてきた。

「実はあれ、俺が持ってたやつなんだ」

「え？」

言葉の意味が理解できず、レイリアはぽかんとする。するとウィルフレッドは芝居がかった仕草で額を押さえた。

「不眠症になってから、時間が空いたらすぐにでも寝られるように睡眠薬を携帯するようにしていた。何と言うか……精神安定剤みたいなものだな。持ってると落ち着く、というか」

「なっ……!?」

最大の謎があっさりと解けた。だからと言ってすっきりするはずもなく、レイリアは怒りに肩を震わせた。

いかにも〝かわいそうな子です〟という顔を作っているウィルフレッドだが、レイリアは直前のにやりとした笑いを忘れてはいない。

「ウィルが仕組んだからだったの!?　あの睡眠薬のせいで、私は、脅されて身体検査までされて、毎晩ウィルの隣で嫌がらせをされたのよ！　あれは全部ウィルの嘘のせいだったってこと？」

怒りのあまり次第に声が低くなっていき、しまいにはこれまで出したことのない地を這うような唸り声が出た。

ウィルフレッドと出会ってからの日々の中で、数々の腹立たしい出来事はあったが、これほどの怒りを感じたことはない。最低最悪の嫌がらせだ。

レイリアは俯いて立ち止まり、ぎゅっと拳を握った。

「嫌がらせって、お前……」

つられて立ち止まったウィルフレッドが何かを言いかけたが、それを無視してレイリアはまくし立てた。

「どうしてそんなことをするのよ！　身体検査だって私の嫌がる顔が見たかったからしたんでしょう？　すっごく恥ずかしかったのに！　それに飽き足らず、毎晩嫌がらせをしてくるって何よ！　気絶するほどってかなり悪質じゃない？　そんなに私のことを泣かせたいの？　私はウィルの変態性癖を満たす玩具じゃないんだからね！」

ここが公爵家の別邸だということも忘れ、レイリアはウィルフレッドを非難する。一気に喋ったので、息が少し上がった。

言いたいことを言って少しだけすっきりしたレイリアは、ウィルフレッドの答えを待つ余裕ができた。顔を上げて彼を見ると、呆気に取られたように間抜けな顔で硬直していた。

しばし瞬きもせずに固まっていたウィルフレッドは、不意にはっと我に返ると、自分の髪をわしゃわしゃとかき回して小さく息を吐き出した。

「待て。俺たちには行き違いがある」

ぐっと眉間にしわを寄せて何かを耐えるような表情でウィルフレッドは言った。

「何のよ？」

つんと顎を上げ、レイリアはウィルフレッドを睨む。

「お前を泣かせたいと常日頃思っているのは否定しないが、悲しませたいわけじゃない」

「じゃあ、怒らせたいの？」

悲しませたくないと言うのなら、怒らせたいとしか考えられない。

じとっとしたレイリアの視線を受け、ウィルフレッドは慌てて首を振った。

「違う。……リアの涙に興奮す……じゃなかった。リアの泣いた顔は何よりも魅力的だからだ」

興奮すると言いかけ、すぐに取ってつけたような言い訳をしてきたが、そんな嘘くさい言葉で納得なんてできない。

レイリアは無言で、もっとマシな言い訳を待った。

「睡眠薬のことは謝る。あの時はどうにかしてリアを引き止めたかったんだ。身体検査だって……もともとあの日は初めからリアに手を出すつもりでいたから、特別料理を用意して準備万端にしていたんだ。でも宝石がなくなって予定が狂って、それもなしかとがっかりしていたから……魔が差したと言うか、本物を前にして我慢ができなくなったと言うか、ちょっとだけなら良いかもしれないと思って……」

良くはない。それに、初めから手を出すつもりって何だ。魔が差したって何だ。料理につられてレイリアがおとなしくしているとでも思っているのだろうか。

——そんなに手の込んだ嫌がらせを計画していたなんて……。

怒りが再燃して拳を震わせていると、ウィルフレッドが拗ねたような顔を向けてきた。

「それに……お前が嫌がらせだって言う毎晩のあの行為は、俺は愛情表現のつもりだったんだ」

「え？」

予想外のことを言われ、レイリアは鳩《はと》が豆鉄砲を食らったような顔をしてしまった。怒りを一瞬で忘れてしまう。

——愛情表現……？

驚愕しているレイリアを軽く睨み、ウィルフレッドは続ける。

「それどころか、俺が今までレイリアに対してしてきたことすべては好意の表れだったんだ。性欲を満たすためにリアを泣かせているわけじゃなくて、あまりにも可愛くて……」

それも伝わってなかったんだな……とウィルフレッドはがっくりと肩を落とす。レイリアは疑いを捨てきれずに恐る恐る尋ねた。

「もしかして、ウィルは気になる子を泣かせちゃう子どもってこと？」

するとウィルフレッドは真面目な顔で頷いた。

「そう思ってくれていい。……それと、リアがどこまで許してくれるのかを試していたというのもある」

「どういうこと？」

そんなことをして何になるのか。不思議に思っていると、ウィルフレッドが突然真顔になった。

「俺が『死ぬ瞬間までリアを逃がさない』って言ったら、どうする？」

軽口でないのは分かるが、なぜそんなに真剣な口調なのか不思議に思う。

これまでだってウィルフレッドはレイリアをすぐに、しかも強引に捕まえたではないか。かくれんぼの時も、今回の事件でも。

だからこれからも逃げられるとは思っていない。レイリアがどこに逃げても隠れても、ウィルフレッドは絶対にレイリアを見つけるのだから。

そんな関係はどちらかが死ぬまで続くのだろうと疑いもせず思っていたので、終わりが来るなんて考えもしなかった。

たった今気づいたが、ウィルフレッドと二年会わなかった間も、彼がレイリアの人生から消えると考えたことはなかった。どんな形であれ一生付き合いがあると思って疑わなかったのだ。

だから――。

レイリアは挑むようにウィルフレッドを見た。

「受けて立つわよ」

レイリアの力強い宣言に、ウィルフレッドはふにゃりと顔を歪め、泣きそうな顔で笑う。

「……リアが、母さんほど弱くないってことは分かった」

嬉しそうな口調のウィルフレッドに、レイリアは首を傾げた。

ウィルフレッドが言いたいことは分からないし、レイリアを試したと堂々と言うことに腹は立つが、母親のことを出されると怒れなかった。

レイリアのことを弱くないと言ったウィルフレッドが嬉しそうに微笑んだからだ。

きっと彼なりに何かを探り、確信を得ることで自分を保とうとしたのだろう。……そう思いたい。

「ほら、これ」

ウィルフレッドはレイリアの手を取り、握り込んでいた青い石を手のひらにぽとりと落としてきた。

「何よ？　あの絵と似ても似つかない本物を直接見せてくれるって言うの？」

皮肉交じりに言えば、彼は素直に頷いた。

「ああ。いいだろ、これ」

ウィルフレッドは、レイリアの手の上にある石を袖できゅっきゅっと磨いてから、陽にかざしてみるように言った。

レイリアが言われたように窓から差し込む光に宝石をかざしてみると、それだけでも美しい海のように深い青の石の中央に、小さくだが六条の光があるのを見つけた。

「わあ……！」

レイリアは感嘆の声を上げる。

スターサファイアという種類の石だ。話には聞いていたが、実物を見るのは初めてだった。

綺麗ね、と呟くと、彼も恍惚とした表情で石を眺めていた。

大切なものだと言っていたから、自分のもとに戻って来たのがよほど嬉しいのだろう。

「リアの目とそっくりで一目惚れしたんだ」

レイリアは思わず宝石を取り落としそうになった。つまりウィルフレッドは、レイリアの目とそっくりな宝石を恍惚とした表情で見ているということだ。

それはなぜ……？

探るようにウィルフレッドを見ると、彼は素早くそれをレイリアの手に握り込ませ、手ごとぐいっと押しつけてきた。

「やる」

「え？」

「お前に贈るつもりで用意したものだ」

ぶっきらぼうにも聞こえる口調だが、ほんのりと耳が赤くなっているのをレイリアは見逃さなかった。

もしかしてウィルフレッドは緊張しているのだろうか？　照れているのだろうか？　いつもふてぶてしい彼がまさか……。

レイリアは珍しいものを見て戸惑ってしまった。

「どうして私に？」

本当に分からない。

なぜウィルフレッドはレイリアにこの宝石をくれるのだろうか。

あんなに大切だと言っていたものを簡単に手放すなんて、彼はいったいどうしてしまったのだろうか。

「いい加減分かれよ。求婚してるんだよ」

求婚？

言葉がすんなり頭に入ってこない。それに仏頂面でそんなことを言われても……とレイリアは眉を寄せる。

キーファが、求婚用の石をウィルフレッドが購入したと言っていたが、あれは本当だったらしい。

——でも……相手が私だなんて……。

そんなこと想像もしていなかった。

「全然分からないわよ。今のやりとりのどこが求婚だったの？」

求婚というのは、特別なものではないだろうか。

レイリアの想像力ではたいした例は出せないが、もっとこう……二人の思い出の場所で、甘い雰囲気の中、男性が跪《ひざまず》いて女性の手を取り愛の言葉を囁いて……という感じとか。

とにかく、そんな感じの中でするものだと思っていたのだ。

「それにこれ、お守りって言ってなかった？」

ふと、以前のキーファとのやりとりを思い出し、不審感丸出しで問うと、ウィルフレッドは突然表情を引き締めた。

「ああ。お守りみたいなものだ。覚悟を固めるための、な」

「覚悟って何の？　結婚の？」

商人の娘との身分違いの結婚に対する覚悟だろうか。

ウィルフレッドは宝石を握っているレイリアの手を見てから、ゆっくりと視線を上げた。

目が合った彼は何かを決意した男の顔をしていたので、鼓動がどきりと大きく跳ねた。

「レイリア、結婚しよう。俺は、これから先何があってもレイリアの傍を離れないと誓う」

偽りのない真っすぐな瞳だった。

リアではなくレイリアと呼ばれ、これは本当に正式な求婚なのだと気づく。

ウィルフレッドと結婚。嘘の婚約から、本当の婚約者になるのだ。

今までの彼の嫌がらせの数々が思い出される。酸っぱい飴を舐めさせられたこと、お菓子を横取りされたこと、身体検査をされたこと、キスで失神させられたこと。それがすべて愛情表現だったと分かり、嬉しいやら呆れるやらの複雑な気分だったが、大切な宝石を贈られ求婚までされて、レイリアは一瞬にして『嬉しい』という気持ちで満たされた。

光の粉が舞っているかのようにきらきらと世界が輝いて見える。

レイリアは胸がいっぱいになり言葉を発することができなかった。

「リア……？」

ウィルフレッドが瞳に不安そうな色を滲ませてこちらを窺っている。

レイリアは返事の代わりに大きく頷いた。そして、安堵の表情を浮かべて笑うウィルフレッドに勢いよく抱きついたのだった。

それからレイリアは、伯爵家の馬車でウィルフレッドと一緒に屋敷に戻ることになった。

隣り合って座った二人は、しっかりと手を握り合う。

ウィルフレッドとはキスやその先もしている関係だが、想い合っているのだと分かってからこうして触れ合うのはなんだかむず痒い。

レイリアは、繋いでいるのとは反対の手で馬車のカーテンを開け、ウィルフレッドからもらった石を窓から差し込む光に向けてみた。

光に当てると、中で星が煌《きら》めいているようで本当に綺麗だ。いつまでも見ていたい。

スターサファイアは普通のサファイアよりも価値が高い。ウィルフレッドは高価なものではないと言っていたが、それは加工していないからであって、原石でもなかなかの値段だったに違いない。

「その石は、指輪か腕輪にでもするか。リアは何がいい？」

いつもなら勝手に決めてしまうくせに、珍しくレイリアに選ばせてくれるらしい。

レイリアはしばらく悩んだ後、かぶりを振る。

「このままでいいわ。加工するのがもったいないほど味がある形だもの。私はこのままのほうが好き」

石を掲げながら答えると、ウィルフレッドがその手を掴み、上半身をこちらに傾けてきた。彼の顔が間近に見えたと思ったら、ふんわりと唇が重なる。

ウィルフレッドの顔が離れていくのを目で追いながら、レイリアは小さく笑う。

「ウィルのせいで麻痺しちゃってたけど、キスって特別なものだったのよね……」

　ずっと嫌がらせと思っていたあれらが全部、『好きだ』と伝えてくれているものだったとは……。

　もっと早く本人に意味を訊いておけば良かった。そうすれば幸せな気分でいられただろうに。

「そうだ。俺はお前にしかしたことはないからな。……リアは？」

　得意気にそう言った後に、少し不安そうに訊いてくるウィルフレッドを可愛いと思ってしまった。

　顔を覗き込んでくる彼に、レイリアは肩を竦めてみせた。

「ウィル以外に私にキスしてくる人なんていないわよ。縁談の話だって全然こないし」

「ああ。こないだろうな」

　姉たちには次々に舞い込んできたのに……と続けるはずだったのに、それを遮って即答された。

「それ、どういう意味？」

　レイリアに魅力がないからと言いたいのだろうか。

　眉を顰めていると、ウィルフレッドはにやりと笑った。

「そうであったらいいと思っただけだ。俺以外の男がリアに近づくなんて許せないからな」

　何かをごまかすような表情と台詞に、レイリアは疑いの眼差しを向ける。するとウィルフレッドは甘く囁いた。

「リアは俺だけ見てればいいんだよ」

　不覚にもときめいてしまったレイリアを引き寄せ、口づけてくる。

「ん……」

　優しく重ねられた唇に、レイリアは思わず目を瞑って受け入れる。しかしすぐに、カーテンが開いたままだということを思い出した。

「……ウィル、待って。外から見えちゃう」

　ウィルフレッドの唇から顔を背け、レイリアはカーテンが開いている窓に目を向けた。

「待たない」

　リアの後頭部に手が回されたと思ったら、ウィルフレッドが体を浮かせてリアの顔を追うようにして再び唇を塞いだ。

　強引に押しつけられた口は大きく開いていて、レイリアの上下の唇を何度も食み、時には軽く歯を立ててくる。

「……ぁ……んん……」

　リアの体を抱え込むように巻きついてきた腕に力がこもり、二人の体が隙間もないほどに密着する。

服越しでもウィルフレッドの体温が伝わってくるようだった。熱くて良い匂いがする彼の体に包まれているだけで、レイリアは幸せな気分になる。

ウィルフレッドの舌がレイリアの唇を舐め回し、舌先で歯をノックするようにつついた。反射的に口を開くと、肉厚の舌が口腔に入り込んでくる。

伯爵家の馬車は大きいので、すぐ近くに窓があるわけではない。けれど、外を歩いている人が覗き込めば見られてしまうだろう。

「……や……ウィル……窓……」

せめてカーテンを閉めて欲しくて、ウィルフレッドの背を叩いた。それでも彼は離れてくれないので、レイリアはカーテンに手を伸ばした。

ウィルフレッドの腕なら届くだろうが、レイリアの腕の長さではカーテンの裾にすら届かない。

「ん～……ん、ん」

舌を絡めとられ、言葉にならない。

表面を擦り合うように動かされていた舌が根元を目指して伸ばされ、下から舐め上げるような動きに変わった。

再会してから何度かされたことのある深い口づけだが、この行為に気持ちが伴っていると思っただけで、体の奥底からぐずぐずに溶けてしまいそうな甘さを感じるのだから不思議だ。

次第に、レイリアの体から力が抜けていく。

不慣れながらも懸命に鼻で息をしながら応えたが、それでももっと酸素を必要として息が荒くなった。

レイリアが息苦しさに眉を寄せると、ウィルフレッドはようやく唇を離した。それから脇の下に手を入れてひょいっとレイリアの体を持ち上げ、あっという間に彼の脚の間に座らされる。

背中に当たるウィルフレッドの体が熱を帯びているのを感じ、期待するように鼓動が速くなった。

レイリアを包み込むように回されたウィルフレッドの腕が腹部をいやらしく撫で回し始める。同時に、腰のあたりに硬くなったものをぐっと押しつけられた。

ウィルフレッドも興奮し、この先を期待しているのだ。

そう思うと、体がかっと熱くなる。頬だけではなく首元まで桃色に染まり、下腹部が甘く疼くのを感じて、レイリアは恥ずかしさでもじもじと足をすり合わせた。

レイリアの変化に気づいたらしいウィルフレッドは、耳元に顔を寄せて囁いた。

「気持ち良くして欲しいか？」

吐息が耳をくすぐり、レイリアは身を捩る。

意地の悪い質問をしてくるところがウィルフレッドらしくて少しだけ憎らしい。

レイリアの体はもう快感というものを知ってしまっている。だからその言葉に、勝手に体が反応した。

喉を仰け反らせ、筋肉質な肩に頭を預ける。するとウィルフレッドは、耳をぱくりと食んだ。そして耳朶に沿って舌を這わせていく。

「……ぁ……」

レイリアの口から小さく声が漏れた。

耳を舐められているだけだというのに、逃げ出したいほどの愉悦を感じ、じんわりと質量のある熱が体の奥に蓄積していく。

ウィルフレッドは時折甘噛みしながら、反対の耳に指を這わせてきた。つーっと裏側を撫でた指が、するりと耳の穴に入ってくる。

同時に舌も穴に差し入れられて、くすぐったいような快感にレイリアは肩を竦めた。ぴちゃりと水音を立てて耳孔を蠢《うごめ》く舌と、耳朶を撫でながら入り込んでくる指の両方に翻弄される。

「ん…っ……や……」

耳を愛撫されるのがこんなに気持ち良いものだとは思わなかった。ぞくぞくとした何かが背筋を駆け抜け、体の震えが止まらない。

「……ウィル、耳、駄目……」

言葉がうまく文章にならない。

するとウィルフレッドが小さく笑い、吐息が直接耳孔に入ってくる。それだけの刺激で、びくりと肩が跳ねた。

すぐに、ウィルフレッドの口が耳から離れる。ほっとしたのも束の間、今度は首筋に顔を埋めてきた。

「ぷるぷる震えて……兎みたいだな」

笑いを含んだ声が首筋を撫でる。

レイリアだって震えたくて震えているのではない。ウィルフレッドに与えられる刺激で勝手にそうなってしまっているのだ。

今度は首筋に舌を這わされて、震えは止まるどころか大きくなるばかりだった。

「……ぁ……」

耳を撫でていた指が、するりと首筋を通って胸へと下りた。レイリアの腹部を支えていた反対側の手も這うように上がり、彼の両手が下から持ち上げるように両胸を揉み始める。

レイリアはその手に自らの手を重ねた。

「……ん、駄目……気づかれちゃう」

「誰に？」

ウィルフレッドは手を止めず、それどころか胸元の紐を解いて服の中に入り込んでこようとする。

「歩いている人、とか……御者……」

壁一枚隔てた向こうには御者もいるのだ。御者側から中は見えないが、声が漏れれば何をしているのかを知られてしまう。

「リアが大きな声を出さなければ大丈夫だ」

そんなことを言いながら、ウィルフレッドは服の中に手を差し入れてきた。それを止めようとしたレイリアの手も一緒に肌着の内側に消える。

ウィルフレッドは直接レイリアの肌に触れると、胸の柔らかさを堪能《たんのう》するようにゆっくりと回すように手を動かした。わざとなのか、突起を押し潰し擦るように揉んでいる。

それだけでも喘ぎ声が漏れそうなのに、彼は不意に、硬くなった突起をきゅっと摘んだ。

「ああ……っんん……」

思わず声を上げてしまった。するとウィルフレッドが意地悪く囁く。

「声、聞かれるぞ」

レイリアは慌てて両手で口元を覆った。自分の口から吐き出される熱い息が手のひらに当たり、それがどんどん荒くなっていくのが分かる。

ぐりぐりと両方の突起を刺激され、甘い痺れが体中に広がっていった。

はだけた服の間から、自分の白い肌とやや日に焼けたウィルフレッドの手が見える。その色の違いと、男らしく筋張った彼の手を意識した途端、言いようのない感覚に襲われた。

羞恥のような、愉悦のような……それらの複雑な感情が混ざり合ってレイリアを支配する。

声が出てしまうようなことをしているのはウィルフレッドなのに、それを責めることすら忘れ、レイリアは必死に声を押し殺した。

指の腹で片方の胸の先端を撫でられ、もう片方は爪で引っ掻くように弾かれる。

「……っ……ん……」

腰が抜けてしまいそうな快感の波が押し寄せ、レイリアは背を反らしてウィルフレッドに体を委ねた。

体に力が入らなくなったレイリアをしっかりと抱き止め、ウィルフレッドは右手を下へと移動させる。

するするとスカートの裾を捲り上げた彼は、露になったレイリアの太ももを優しく撫でた。くすぐったさに身を捩っていると、次の瞬間にはドロワーズの中に手が入り込んでいた。

「あっ……！」

ウィルフレッドの指が、秘部に触れる。その途端、ぐちゅ……と音がした。

そこを直接触られるのは、身体検査の時以来だ。あの時とは比べ物にならないほど、レイリアの秘唇はぐっしょりと濡れそぼっていた。

「すごいことになってるな」

驚いたように首を伸ばして下腹部を覗き込むウィルフレッドの横顔が、視界の端に映る。そんなことになっているとは思っていなかったレイリア自身も驚いていた。

「リア……」

呼ばれて横を向くと、頬を上気させたウィルフレッドに素早く唇を奪われた。最初から舌を差し込まれ、荒々しく口腔を貪られる。乱暴に舌を絡められ、きつく吸い上げられた。

ドロワーズの中の指が、水音を立てながら割れ目を往復し始め、レイリアは小さく喘ぎ声を漏らした。だがその声はウィルフレッドの口の中に吸い込まれていく。彼の舌の動きは更に激しくなっていった。

「……あ……ぁ……」

ウィルフレッドの舌と指に翻弄され、開いたままのカーテンのことはすでに頭になかった。今はただ、声を押し殺すことで精一杯だった。

「……っっ……！」

割れ目を撫でていた指が、上部にある秘芯をとらえた。突き抜けるような快感に、びくびくっと大きく痙攣する。

回すようにそこを撫でられ、新たな愛液が洪水《こうずい》のように溢れ出すのが分かった。

体の震えが止まらない。

目を開けてウィルフレッドを見ると、熱に浮かされたような瞳でじっとレイリアを凝視したまま口づけをしていた。

押し寄せる快感と、息苦しさ、込み上げる愛しさでじんわりとレイリアの目に涙が浮かぶ。ウィルフレッドは苦しそうに眉を寄せた。直後、膣内に指がゆっくりと挿し込まれる。

愛撫により溢れ出た蜜のおかげか何の抵抗もなく入ってきたそれは、膣壁を撫でるように動き出した。親指は秘芯を愛撫したまま、内部を引っ掻くように刺激される。

「……んん、あぁっ……！」

堪えきれない甲高い声が、二人の唇の隙間から零れ出た。

「……声……」

掠れた声でウィルフレッドが注意してくるが、レイリアの嬌声と混じり合ってお互いの口腔に消えていく。

声を抑えなければならないのに、激しく指が抜き差しされた。頭の片隅で、ぐちゅぐちゅと響く水音が外に聞こえないか心配になる。しかしそんな不安は、膣内を圧迫するように増やされた指によってかき消された。

圧迫感が増すと同時に、甘い刺激も増した。膣内が収縮し、足先まで力が入る。

レイリアの限界が近いと悟ったのか、ウィルフレッドは胸の突起をかりかりと引っ掻き、秘芯を押し潰し、指の動きを速くした。

「……っ……ぁんん……っ！」

三箇所も一度に激しく刺激されると、一瞬にして快感の大きな波に飲み込まれて何も考えられなくなった。

与えられる刺激に身を任せ、奥底から溢れ出そうになっている何かを解放する。

眉間に力が入り、ウィルフレッドの腕を掴んだ手がぶるぶると震え、足がぴんと伸びた。そして次の瞬間、強烈な快感が全身に散らばり、レイリアの体を支配した。

「……あぁぁっ……！」

悲鳴のような声が出た。ウィルフレッドの口が吸い取ってくれたが、多少は漏れてしまっただろう。

びくんびくんと体が跳ね、勢いでウィルフレッドの唇を噛んでしまった。僅かな鉄の味がしたが、彼はそれに構わずレイリアの口腔を舐め尽くした。

小刻みな痙攣が治まると、ウィルフレッドの唇が離れていく。うっすらと目を開けて彼に視線を合わせると、その口元がふと緩んだ。

「可愛いな」

愛おしげに細められた双眸《そうぼう》に、どきりと胸が高鳴る。先ほどから全力疾走《しっそう》した後のように鼓動が速いのに、更に速まった気がした。

その時、計ったかのように馬車が速度を落とした。

重い頭を動かしてぼんやりと窓を見ると、ちょうどシルヴェストリ家の門を通り抜けるところだった。

しばらくして馬車が完全に停まると、ウィルフレッドはレイリアの乱れた服を素早く直した。それから、ぐったりとしたレイリアを横抱きにして馬車から降りるとそのまま屋敷に入っていく。

ようやくウィルフレッドも女性の扱い方が分かったらしい。肩に担がれなくて良かったとほっとしながらも、首筋から漂ってくるウィルフレッドの匂いに頭が痺れる。

屋敷の使用人に見られる恥ずかしさから、レイリアは眠ったふりをすることにした。いやらしいことをして腰が抜けたなんて、恥ずかし過ぎて知られたくない。

ウィルフレッドの部屋までは、とても長い道のりに感じられた。けれど、彼がレイリアの体重などものともしない様子で軽快に歩みを進めてくれたおかげで、予想以上に早くたどり着いた。

私室から寝室へと素早く移動したウィルフレッドは、レイリアをゆっくりとベッドに下ろす。そこで初めて瞼を持ち上げたレイリアは、彼に手を引かれてベッドの端に座らせられた。

すぐに続きをされると思っていたレイリアは、拍子抜けした気分でウィルフレッドを見上げた。

するとウィルフレッドは、突然床に跪《ひざまず》いた。それから、ベッドに座るレイリアの手を恭《うやうや》しく取り上げた。

「レイリア、愛している」

甘い愛の言葉が、ウィルフレッドの口から紡ぎ出された。

改まって告白をされるとは思っていなかったので、レイリアは大きく目を見開いて硬直する。

愛を囁かれた人間の反応としては間違っているのは分かっているが、思わずじろじろとウィルフレッドの顔を見つめてしまった。

「何だよ?」

あまりにもレイリアが凝視するからか、ウィルフレッドは居心地が悪そうに身じろぎした。

「……だって、急に跪いてそんなことを言うから、どうしたのかと思って」

素直な気持ちを口にすると、彼はにやりと笑った。

「俺の気持ちをちゃんと伝えておきたかったんだよ。この先のためにな」

「この先……?」

首を傾げるレイリアに、ウィルフレッドは笑みを深めた。

「愛し合う者同士がする行為のことだよ」

言って、ウィルフレッドは前触れもなくいきなりレイリアを押し倒した。

どさっと音を立ててレイリアは仰向けに倒れ込む。見下ろしてくるウィルフレッドの瞳に欲望の焔《ほのお》が揺らめいた。

「レイリア、あ～ん」

なぜ今その言葉なのだろうかと思いつつ、レイリアは条件反射で口を開ける。すると、甘い飴が口の中に押し込まれた。再会してからくれるのは、同じ味の飴だけだ。以前はもっとバリエーションがあったのだけれど。

「噛み砕け」

もったいないので嫌だったが、これからすることを考えると、悠長に飴を舐めていられる状況でないことは分かる。

それなら、なんで今飴を口に入れたのだろう……と不思議に思いながら飴を噛み砕いて飲み込むと、ウィルフレッドは満足そうに頷いた。

「今日は、最後までするからな」

決意が込められた声だった。レイリアが返事をする前に、唇を塞がれ、しゅるりと胸元の紐が外される。

ちゅっちゅっと音を立てて啄《つい》ばむように口づけながら、ウィルフレッドはレイリアの着ているドレスを捲り上げた。そしてほんの少し顔を離した隙に、下着ごと頭からすっぽりと脱がされる。

履いていたブーツはぽいっと部屋の隅に投げ捨てられ、靴下もあっという間に剝ぎ取られ、ドロワーズだけが残った。

愛液でぐっしょりと濡れたドロワーズが貼りついて気持ちが悪いと思っていると、ウィルフレッドがドロワーズに手をかけ、レイリアの脚を撫でながらもったいつけるようにゆっくりと下ろしていった。

生まれたままの姿になったレイリアを満足そうに眺め、ウィルフレッドは自らも素早く服を脱ぎ捨てる。

裸になったウィルフレッドに、レイリアは頰を染めた。

広い肩、筋肉質な腕に引き締まった腹筋、そして彼の欲望の象徴。自分とはまったく違う男の体がそこにあった。

着替えている時に背中を見たことはあったが、こうして全裸を見せられると、血液が沸《ふっ》騰《とう》しそうなほど体が熱くなる。

ウィルフレッドはレイリアの体に自らの体をそっと重ねた。火傷しそうなほどの体温が触れ合い、少し湿った肌が吸いつくように密着する。

人肌の心地良さにレイリアはほうっと息を吐いた。

「肌の相性もいいな、俺たち」

レイリアの耳に唇を押しつけながら、ウィルフレッドが囁いた。

その言葉が胸にすとんと落ちる。今の感覚にぴったりの表現だ。

触れ合った部分が溶け出して、最終的には混ざり合い境目がなくなってしまうのではないかと錯覚するほど肌が馴染んでいるのだ。

「こうしていると、ひとつになれそうな気がするわね」

両腕をいっぱいに広げてウィルフレッドの背中に回し、レイリアは彼の肩に顔を埋めた。

すると、逞しいその肩がぴくりと震える。

「ひとつに、なりたいな」

苦しそうに吐き出された声に、レイリアは小さく頷いた。

するとウィルフレッドは、レイリアの首筋に噛みついてきた。がぶりと甘噛みされ、ちゅうっときつく吸われる。

つきりとした痛みを何箇所にも感じた。痛いはずなのに、レイリアの口からは甘い声が漏れる。

そうしているうちに、レイリアの脚を跨《また》ぐように置かれていたウィルフレッドの脚が、股の間に割り入れられた。そのまま下半身ごとそこに収まり、レイリアの脚は彼の体を挟むような形になる。

ウィルフレッドは角度を調整するように腰を動かすと、馬車での愛撫の名残で濡れそぼっているレイリアの秘部を擦った。

熱い剛直がぬるぬると割れ目をなぞり、秘芯をとらえる。

「……っああ……！」

その途端、快感が背筋を走り抜け、レイリアは喉を反らして身悶えた。

布越しで同じことをされたことがあるが、比べ物にならないくらいに刺激が強い。

そこを何度も何度も擦られ、堪えきれなくなった嬌声をレイリアは手の甲を口に当てて必死に抑えようとする。

「声、出していいぞ」

ウィルフレッドが気持ち良さそうに眉を寄せながら、レイリアの手を口から引き剝がす。指を組むようにしっかりと握り込むとにやっと笑った。

そのまま両手をベッドに縫いつけられ、レイリアは声を抑えることもできずに甘い声を上げ続ける。やけに体が熱く、神経が過敏になっているような気がした。

「あぁ……ふぅん……ん……」

気持ちが良い。その言葉で頭がいっぱいになった。

ぐちゅぐちゅと互いの体液が混じり合う音がする。

首筋や鎖骨に跡を残していたウィルフレッドが、舌を這い上がらせて唇をぺろりと舐めた。

それが合図であるように、舌が絡まり、腰の動きが速くなる。

「ぅんん……あ、あ……っ……」

レイリアは握り合う手に力を込めた。きちんと摑まっていないと、どこかに飛ばされてしまいそうな気がしたのだ。

きゅっと舌を吸い上げられ、秘芯を擦り上げられ、一気に追い立てられる。

「あぁ……ウィル……！」

ウィルフレッドの名を呼び、レイリアの体は痙攣した。

小さくびくびくと震え、愉悦が全身に広がり、やがてじんわりとした疼きに変わる。

離れないウィルフレッドの口の中に荒い息を吐き出すと、彼は何を思ったか突然、まだ達していなかった猛りを膣口に押し当て、ぐぐっと挿入してきた。

「……やぁ……今、駄目……！」

まだ絶頂の余韻が消えていない敏感な膣内に異物が入り込む。指で慣らされていたそこは、案外すんなり、けれど引きつれるように拓《ひら》かれていった。

「……いっ……ぁ……！」

圧迫感と痛みが同時に襲ってくる。

浅い部分で何度も抜き差しして慎重に進んできたそれは、もっとも痛みがある部分を時間をかけて突き抜けた。

「大丈夫か……？」

かけられた声で、いつの間にかウィルフレッドの顔が離れていたことに気がついた。彼は気遣うようにレイリアを見ている。

「ん……」

何とか声を絞り出すと、ウィルフレッドは独り言のように呟いた。

「あの量だと痛みは和《やわ》らがないのか……？」

漏れ聞こえたその言葉の意味が分からずにレイリアは眉を寄せる。するとウィルフレッドは「何でもない」と言うように首を振り、ぐっと腰を押しつけてきた。

じんじんとした痛みばかりに気を取られていて気づかなかったが、ウィルフレッドのものがすべて挿《はい》りきったらしい。

安堵していると、彼は荒い息を吐きながら瞬きもせずにレイリアを凝視してきた。

快感と苦痛がごちゃ混ぜになって、ひたすらウィルフレッドの手を握っているレイリアには、彼がなぜ穴が開くほど見つめてくるのか分からない。

「俺……リアの中に入ってる」

深い悦楽に浸っているかのように、ウィルフレッドの顔に満足そうな笑みが浮かんだ。

レイリアは痛みで眉間に力が入りそうになるのを必死に堪え、口角を引き上げて微笑みを作る。

幸せに満たされている実感はあるのだ。けれど痛みでうまく笑えない。

「うん……」

何とか声を絞り出すと、ウィルフレッドの瞳が切なげに歪んだ。

「ずっとずっとこうしたかった……」

いったいいつからそう考えていたのか気になるが、訊いたら盛り下がる答えが返ってきそうなので、怖くて口に出せない。

ウィルフレッドが軽く腰を引いた。中がずりっと引っ張られるような感覚がして、レイリアは結局眉間にしわを寄せてしまう。

「痛いか？」

心配そうな口調なのに、目が嬉しそうなのはなぜだろう。

「……少し」

そう答えるのが精一杯だった。それ以上何か言えば、苦痛の呻きが漏れてしまいそうだ。

レイリアの表情を読み取ったのか、ウィルフレッドは指で優しくレイリアの手の甲を撫でてくれた。

どんなに強く握り締めてもウィルフレッドは繋いだ手を放さなかった。それが嬉しくて、レイリアは微笑む。今度は自然に笑顔になれた。

——私、すごく……すごく幸せだわ。

実感した途端、鼻がつんとした。じわりと涙が目に溜まり出し、レイリアは慌てて瞼を閉じる。

ウィルフレッドに気づかれただろうか。目ざとい彼のことだから、きっと見てしまったに違いない。

案の定、ウィルフレッドは唐突に腰を突き上げてきた。ずんっと奥まで貫かれ、脳天を突き抜けるような衝撃に驚いて目を開けてしまう。

目に飛び込んできたのは、瞳を爛々《らんらん》と輝かせたウィルフレッドだ。

レイリアの双眸からぽたりと涙が零れると、それを追うようにウィルフレッドの舌が動く。彼は両目から流れ出る涙を交互に唇で吸い取り、舐め上げる。

そしてゆっくりとした律動が始まった。

ずるりと浅いところまで引き抜かれ、ぐっと奥深くまで侵入してくる。優しいとは言いがたいが、レイリアを気遣って激しくしていないのは分かった。

「……んぅ……あ、ん……」

レイリアの目から零れた涙をすべて舐めとろうとしているのか、ウィルフレッドはちゅっちゅっと顔中に唇を落とした。そうしながら、時折苦しそうな息を吐き出す。

痛みは次第に薄れてきたが、圧迫感で苦しいのは変わらない。レイリアは何とか楽になるために、脚を大きく広げてウィルフレッドの腰に回した。

すると、剛直で貫かれる角度が変わり、ちりりとした鋭い刺激が背筋を駆け抜けた。

「あっ……あぅん……！」

膣内が熱くなり、ウィルフレッドに突かれる度に収縮する。

「良いのか？」

レイリアの変化を感じ取ったウィルフレッドは、まるで怒っているかのように眉を寄せた。

「……う、ん……いぃ……ウィル……」

縋《すが》るように名を呼べば、彼は眉間にしわを寄せたまま笑った。

「愛してる……愛してるんだ、リア……！」

心からの叫びであるかのように、絞り出すようにウィルフレッドが繰り返す。その様子から彼の必死さが伝わってきた。

「私も……あぁ、ん……好き……好き……っん……」

激しさを増す腰の動きに振り落とされないように、懸命に彼にしがみつきながらレイリアは自分の気持ちを告げた。

言わなければと思ってはいたのだが、タイミングがつかめずに今になってしまった。

するとウィルフレッドは、ぶるりと身震いして短く言った。

「俺、もう……出る」

切羽詰まると単語しか出てこないのは、レイリアとの共通点かもしれない。

膣内を擦り上げる動きが忙しくなり、がんがんと激しく揺さぶられる。乱暴とも言える抽挿についていけず、レイリアの脚がウィルフレッドの腰から離れ、ゆらゆらと揺れた。

「あっ……あぁ……い……」

「……あ……はあ……」

レイリアの嬌声に混じり、ウィルフレッドの気持ち良さそうな声が室内に響く。

怒っているような怖い顔も、快感を得ているからなのだろう。

こんなに必死な顔をしているウィルフレッドは見たことがなかった。

レイリアはウィルフレッドの動きに翻弄されながらも、ただじっと彼の顔を見ていた。

ますます眉間のしわが深くなり、息が荒くなる。

「うっ……」

ウィルフレッドが小さく呻いた。

同時に、レイリアの全身が快感でいっぱいになり、ふわりと宙に浮いたような感覚に陥った。

「んんっ……あぁぅん……！」

大きく体が跳ね、きゅうっと猛りを締めつける。瞬間、熱い白濁が勢いよく膣奥に叩きつけられるのを感じた。

「あ……あ……」

絶頂に達しているのに、ウィルフレッドのものは動き続けていた。

ぐちゅぐちゅと大きな水音を立て、膣内に白濁を塗りつけるようにぐるりぐるりと腰が回される。

レイリアの体が弛緩《しかん》してもウィルフレッドのものは硬さを保ったままで、休む間もなく再び抽挿が始まった。

「や……なんで……すぐ……」

敏感過ぎて、これ以上擦られたらおかしくなってしまいそうだった。

しかし抗議の声はウィルフレッドの口の中に消えていく。更に、繋いでいた手を解いた彼は、胸の突起や秘芯を愛撫し始めた。

「駄目……！　それ……変になるっ……！」

膣内を擦られ、胸や秘芯まで弄られたら、正気を保っていられる自信がない。

力の入らない腕で抵抗するが、強過ぎる快感が全身を駆け巡り、喘ぎ声を吐き出すことしかできなくなった。

それから、ウィルフレッドに何度も挑まれて体力をすべて奪われたレイリアは、夢も見ずに泥のように眠ったのだった。

八章

　ふと寒さを感じた。

　隣にあるはずの温もりを無意識に求めて腕を伸ばす。しかしそこには何もなく、腕はぱたりと冷たいシーツの上に落ちた。

　重い瞼を持ち上げ、ベッドの上と室内を見渡す。

　部屋に自分しかいないことを確かめたレイリアは、がばっと勢いよく起き上がった。

　すると不意に、どろっとした液体が太ももをつーっと伝い落ちるのを感じた。

　それが、空が明るくなるまで吐き出され続けたウィルフレッドの白濁だと気づき、一瞬にして顔が真っ赤になる。

　流れ出てくるまで肌にはついていなかったようなので、レイリアが寝入ってしまった後にウィルフレッドが一応拭き取ってくれたのだろう。けれど、奥のほうにあるものまでは搔き出せなかったらしい。

白い液体に少量の赤が混じっている。レイリアの初めての証だ。

恥ずかしくなってシーツでそれを拭い取ると、レイリアはベッドから降りた。

ウィルフレッドがいない。いったいどこに行ってしまったのだろう。

サイドテーブルの上に置かれていた服を身につけ、隣室に行ってみた。しかしそこにも彼の姿はない。

主のいない部屋はひっそりと静まり、どこか空虚《くうきょ》だった。

「ウィル？」

本当にどこに行ってしまったのか。

この屋敷に泊まるようになってから、起きた時にウィルフレッドがいなかったことはない。最初の日以降は、レイリアのほうが先に起きて、ウィルフレッドを起こし、朝食の催促をしていたのだ。

ここ数日、ウィルフレッドと片時も離れずにいたわけではない。この部屋に一人でいることもあった。けれど今は、心細い気持ちになっていた。

ウィルフレッドの姿を捜すように、無意識にぐるりと室内を見回す。すると、机の上に一枚の紙が置かれていることに気がついた。

レイリアは小走りで駆け寄り、その紙を手に取った。

「……あ……」

そこに書いてあるものを見て、レイリアの顔には自然と笑みが浮かんだのだった。

❀❀❀

朝方、レイリアが寝入ったのを確認してからウィルフレッドは寝室を抜け出した。

長年の想いが一気に溢れ出してしまったせいか、朝焼けが室内を照らす時間までレイリアを放すことができなかった。

ずっと入りっぱなしだったレイリアの中から抜け出すのは嫌だったが、後ろ髪を引かれる思いで体を引き、彼女の体を清めてから屋敷を出て来たのだ。

ウィルフレッドはとある場所に寄り道をした後、ジョアンビル家の玄関前に立った。レイリアの実家だ。

一度視線を落としてふうっと息を吐き出してから、ノッカーに手を伸ばす。

しかし、ウィルフレッドがノックをするより先に、玄関の扉が開いた。

「おはよう」

扉の内側で爽やかに挨拶をしたのは、朝でもきっちりと身なりを整えたキーファだった。

「おはよう。……なぜ俺が来たって分かった？」

どう見ても、ウィルフレッドがいると分かっていて迎えに出てくれた様子だ。

キーファは笑いながら人差し指を上に向けた。

「俺の部屋の窓からウィルの姿が見えたからな。こんなに早くどうしたんだ？　リアとの結婚の話とか？」

ウィルフレッドを招き入れながら、キーファは尋ねてきた。ウィルフレッドはそれには直接答えず、質問を返す。

「それもあるが……今日はうちに来ないのか？」

キーファはきょとんとした顔になったが、すぐに笑みを浮かべて頷いた。

「ああ。仕事があるからな」

二人の足は、二階にあるキーファの部屋へ向かっている。

ウィルフレッドはキーファに用事があった。そう言わなくても分かってくれたらしく、彼は迷いなく自室へウィルフレッドを連れて行ってくれる。

実は、ウィルフレッドがジョアンビルの屋敷を訪れたことはほとんどない。いつも、商人であるジョアンビル家当主が子どもたちを連れてシルヴェストリ家に来ていたからだ。

キーファの部屋のソファーに二人で向かい合って座ると、ウィルフレッドはおもむろに話を切り出した。

「……うちに来ないのは、本当は、もう来る必要がなくなったからじゃないのか？」

先ほどの話だ。キーファは仕事があるからシルヴェストリ家に来ないのではなく、あの屋敷に入る必要がなくなったから来なくなったのではないのか。ウィルフレッドは彼について、ある確信を持っていた。

「どういうことだ？」

キーファが怪訝そうに首を傾げる。

ウィルフレッドは彼から視線を逸らさないまま、静かに言った。

「パーティーの日のことだ」

「パーティー？」

考える素振りをしたキーファは、何か思いついたように「ああ」と手を打った。

「約束どおり、リアが身に着けていたドレスもネックレスも、ウィルからの贈り物だとは伝えていないよ？」

「そのことじゃない」

それに関しては知らせるつもりはないし、レイリアが何も知らないということも分かっている。

「もしかして、リアへの縁談の話を全部お前が握り潰しているってバレちゃった？」

「違う」

ウィルフレッドがせっせと裏工作をしていたなんて、レイリアは知らなくていいことだ。

「あ、それならあれだ。リアの行動を逐一手紙で報告するように俺に依頼していたのがバレた」

「まだバレていない」

そんなことが知られたら、激怒されてしばらく口をきいてくれないだろう。

「ええと、他には……リアの涙に反応する歪んだ愛情？」

「それは……もうバレてる」

だからこそ、涙を流さないように頑張るレイリアの姿が見られるのだ。それはそれでなかなか良い。

でもなぜだろう。

キーファの答えを聞く度に、自分がろくでもない人間だと思い知らされる気がするのは……。

「じゃあ……何だ？」

本当に分からないという顔でキーファは眉を寄せる。

キーファは、年が離れているとはいえ仲が良いおさななじみなので、ウィルフレッドの性格も長所も短所も弱みも、ありとあらゆることを把握している。

ウィルフレッドがキーファのことを同じように把握しているかと言うと、ほとんど知らない、と言うほかない。彼は大人特有のずるさを持っていて、自分のことはほとんど悟らせないのだ。

だからウィルフレッドはキーファには勝てない。

だが、それでも兄のように慕う近しい存在であることに変わりはない。ウィルフレッドなりにキーファのことを理解している部分も多々あるのだ。

ごほんっと咳払いすると、ウィルフレッドは本題に入った。

「まず、報告しておく。盗まれた宝石が戻ってきた」

「そうか。それは良かった。大切なものだものな」

キーファは満面の笑みで喜んでくれた。ウィルフレッドはひとつ頷くと、しっかりとキーファの目をとらえながら口を開く。

「俺はずっと疑問を感じていたんだ。パーティーの日、宝石が盗まれた後に、リアはプライベートエリアの階段付近で黒のフロックコートを来た男を目撃していた。ハンナの共犯だった警備員は眠ったふりをしていたのに、なぜそんなところに人がいたんだろうな。パーティーの招待客というだけなら絶対に足を踏み入れない場所だ」

「そういえば、リアがそんなことを言っていたね。確かにあやしくはあるけど、関係ないんじゃないか？　犯人は捕まったんだろう？」

笑顔のまま小首を傾げるキーファに、ウィルフレッドは表情を消した。

「なぜ犯人が捕まったことを知っているんだ？　俺は宝石が戻ってきたとしか言っていいな

いし、厳密には、宝石を奪った犯人は今も野放しだ。事件を公にはしていないから、一時拘束して事情聴取をしただけで処罰はある人に任せた。だからその一時拘束の瞬間だけ『犯人が捕まった』ことを知っているのはごくごく一部の人間なんだよ」

感情を入れずに淡々と話すウィルフレッドを見つめ返しながら、キーファは眉を上げた。

「俺は単に、宝石が戻ってきたということは犯人も捕まったと思ったんだよ。野放しにしているってことは、高貴な身分の人間が犯人だったってことか？」

そういうのは厄介だからな……と同情の瞳を向けられ、ウィルフレッドはぎゅっと両の拳を握り込んだ。

「本当はこんなこと言いたくないんだ。でも、リアを使ったことは許せない。お前だったら、あの女がリアに危害を加えるかもしれないって分かっていたはずだよな？」

冷静に話そうと思っていたのに、責めるような口調になってしまった。

ウィルフレッドは大きく息を吸い込んで気持ちを落ち着け、意味が分からないという表情をしているキーファに、ゆっくりと告げた。

「キーファ、黒幕がお前だってことは分かっている」

空気が張り詰めた。

キーファの驚いた顔が、すぐに不思議そうなそれに変わった。

「何を言っているんだ？　俺があの宝石を盗んで何の得があるって言うんだ？」

「ああ。宝石のことはハンナと増員した警備員の一人、あいつら二人の犯行だ。でもその宝石を盗むように誘導した人物がいるとしたら？」

「それが俺だって言うのか？」

ウィルフレッドは肯定はせず、先ほどここへ来る前に立ち寄って話をした人物との会話を思い出していた。

「俺に宝石を売った商人に話を聞いてきたが、彼は随分前にお前に宝石のことを詳しく話したそうだな。だからパーティーの時点でお前は俺の宝石がどういうものか知っていた。その色と形状、そして俺の行動を推測した置き場所、それらをハンナに話して盗ませたんじゃないか？　お前なら、俺の行動パターンなんてお見通しだろう」

ウィルフレッドとキーファは本当の兄弟のように気心が知れている。だからこそ、キーファにはウィルフレッドの行動が予測できたはずだ。

キーファは静かにウィルフレッドの言葉を聞いていた。彼が何も言わないので、ウィルフレッドは間を置かずに話を続けた。

「俺の睡眠薬を盗んだのは警備員だろうな。警備員ならば屋敷内をうろちょろしていてもあやしまれない。その薬を使って二人の警備員を眠らせ、犯行に及んだ。だけどそれがおかしいんだ。俺が睡眠薬を処方されているなんて、知っている人間は一人しかいないからな」

キーファが首を傾げたので、ウィルフレッドは彼に睨むような視線を向ける。

「お前の主治医でもあるフォン医師だよ」

「彼が他の人間に喋った可能性もあるだろう?」

黙り込んでいたキーファが、やっと言葉を発した。しかしウィルフレッドはすぐさまきっぱりと否定する。

「ない。あの爺さんは口が堅い。でも、俺とお前が兄弟のような関係だということを知っている。だからお前が俺のことを心配しているふりをして言葉巧みに誘導すれば、ぽろりと睡眠薬のことを零したっておかしくはない。それにやっぱりお前だったら、俺が薬を置く場所も見当がつくだろう? でもなぜ別に睡眠薬を用意しておかなかったんだ? そのほうが、俺のを盗むよりも足がつきにくいし楽にことが運んだはずだ」

キーファは首を竦めただけで、何も答えなかった。小さく溜め息を吐き出し、ウィルフレッドは更に推測を語る。

「あの日、有名楽団を手配できたのはお前のおかげだそうだな。招待客をなるべく会場に足止めしたかったんだろう。そのほうが自分が屋敷内を歩き回っていても人目につく可能性が低くなる。その上、ハンナたちに騒ぎを起こさせ、使用人たちの意識をそっちに向けた。それだけすれば、かくれんぼが得意なお前が見つかるわけがない。リアにだけは姿を見られたけどな」

話を終えたウィルフレッドは、両手を握り直した。

ウィルフレッドがこんなにたくさん話すのは、レイリアと喧嘩をしている時くらいだ。

「それ全部、ウィルの推測だろう？　俺はその日、隣国にいたんだぞ」

キーファは、悪戯っ子を前にしているかのような表情になった。諭すような口調が、子どもの頃を思い起こさせる。

昔叱られた時の記憶が蘇り、一瞬怯んでしまった。ウィルフレッドにとってキーファは、兄でもあり父でもあるのだ。

けれどもう子どもではない。叱りたいのはこっちなのだ。

ウィルフレッドは硬い表情を消し去り、いつもキーファに向けている笑みを浮かべた。

「確かに、全部俺の推測だ。だが、お前が隣国にいた証拠もない。今回の犯行は一見計画的なようにも見えるが、実際は詰めが甘くお粗末なものだ。とすると、本当の狙いは宝石以外にあったんじゃないか？　ハンナは、知らない男に唆されてやったと言っている。その男を調べて捜させたら、すでに国外逃亡した後だったよ。痕跡ひとつ残さずにな。俺の側近が優秀だから分かったけど、他の人間ならそこまで摑めなかっただろうな」

そこで言葉を切り、ウィルフレッドは意味ありげににやりと笑ってみせた。

「お前なら、人一人くらい周囲に悟られずに国外に逃がせるよな？　商隊に紛れ込ませるとか、他国に運ばれる積荷に潜ませるとか」

「できないことはないな」

あっさりと頷いたキーファは、『だから?』と余裕の態度だ。

「お前はその男を利用したんだ。万が一でもハンナから自分の情報が漏れないように」

確信を込めて言葉にするが、それでもキーファの表情は変わらない。

最初から、簡単に白状するとは思っていなかった。けれど、ウィルフレッドには切り札がある。

「なあ、キーファ。俺は母さんの自殺の仕方がずっと気になっていた。母さんがどうやって自殺したか知りたいか?」

母のことを出した瞬間、キーファがほんの一瞬だけ目を泳がせた。しかしすぐにふっと笑って視線だけで頷く。

「……ああ」

顔は平然としているが、指が忙しなく動いている。

ウィルフレッドは内心でほくそ笑みながら、背もたれに体を預けた。

「それを教える代わりに、俺の質問に正直に答えろ」

脚を組み直し、ウィルフレッドはわざと命令口調で言った。

キーファは無言でウィルフレッドを見る。それを肯定ととり、質問を始めた。

「俺がお前に渡した母さんからの手紙、あれには何が書いてあった?」

数週間前、父から「ジョアンビル家と和解しようと思う」と聞かされた日に、ウィルフレッドはキーファに一通の手紙を渡した。母が死ぬ直前に、『シルヴェストリ家とジョアンビル家が和解したら、キーファに渡して。お父様には内緒よ』と言ってウィルフレッドに託したものだ。

たまたま料理店で会った時に二人で話したのも、手紙はきちんと読んだかということだったのだ。

しばらく口を閉ざしていたキーファだったが、ウィルフレッドが促すように顎を上げると、観念したように口を開いた。

「日記を捜して、と書かれてあった。シルヴェストリ家から返された絵画に隠し場所の目印を書いておいたって。でも、その目印を見ても俺には隠し場所が分からなかった」

意外な内容に、ウィルフレッドは目を瞠る。

「母さんは日記なんてつけていたのか？」

目を伏せたキーファが小さく頷いた。

「こっそり書いていたらしい。でもそれが伯爵に見つかると大変なことになるから、俺に捜して欲しいって」

「だからキーファは、パーティーに便乗して屋敷中を捜そうと思ったんだな。……だが、母さんがそんなことをした意図が分からないな。手紙と一緒に日記ごと俺に託せば、そんな面倒なことにならなかったのに……」

ちらりとキーファを見るが、彼はウィルフレッドと視線を合わせようとはしなかった。常に穏やかな表情を浮かべているキーファが、今は無表情にも近い顔をして口を一文字に引き結んでいる。

「どうして和解してから手紙を渡すのかとずっと不思議に思っていたんだ。でもこれで分かった。母さんはキーファを守りたかったんだな。もし和解する前にうちに来れば、父の逆鱗に触れる。あの頃の父は、刃をむき出しにしているような状態で、浮気相手だと疑っていない相手でも簡単に傷つけてしまいそうだったから」

ウィルフレッドの言葉が終わらないうちに、キーファは顔を上げた。

探るような瞳で覗き込んでくるキーファに、ウィルフレッドは穏やかな微笑みを向ける。

「キーファと母さんの関係、俺は知っていたよ」

単刀直入に告げた。

キーファは大きく目を見開き、何か言いたそうに口を開いてはすぐに閉じる。

「かくれんぼの最中、宝物庫近くの倉庫で逢い引きしてただろう。たまたま見かけたことがあって、そういう関係なんだって分かった」

更に告白をすると、キーファは目を伏せた。

以前から、母の浮気相手はキーファの父親ではなくキーファ自身だったことをウィルフレッドは知っていた。

しかしそれを、父はもちろんレイリアにも話さなかった。それがキーファに対する義理立てだと思ったからだ。それに、キーファといる時の母が少女のような顔をしていたのが印象的で、幸せならそっとしておこうと考えたのもある。

「そうか……」

短く呟き、キーファは両手で顔を覆った。まさかウィルフレッドに知られているとは思っていなかったのだろう。

彼の中にどんな感情があるかは分からない。けれどウィルフレッドは、母にあんな顔をさせることができたキーファが悪いことをしていたとは思わない。

「母さんが日記を処分せず、キーファに見つけさせようとしたのは……キーファの頭の中を自分でいっぱいにしたかったんだと思う。もし俺だったら、母さんと同じことをしただろうから。見つかったらまずいものの存在をちらつかせて、難解な暗号を書いて捜させて……。捜している間も、目的のものを手にした後も、相手はずっと自分のことを考えているんだ。想像するだけでぞくぞくする」

レイリアがそうしていると考えるだけで、黒い愉悦が湧き上がる。

彼女のことだからきっと、文句を言いながらも真剣に捜してくれるだろう。そして見つけたら後生大事にしてくれるはずだ。

愛しいレイリアのことを思い浮かべ、ウィルフレッドは自然と笑んでいた。

キーファは顔を覆っていた手を下ろし、自嘲《じちょう》気味に口角を上げた。

「もしウィルが同じことをしても、リアはすぐに隠したものを見つけるさ。彼女の暗号を解いたのはリアなんだ。ウィルの絵に似てるって言って。俺は……彼女の絵の才能が壊滅的だなんて知らなかった。いや、リアにウィルの絵を見せられた時に思い出した。彼女の絵を目にしたことはあったんだ。でも気にも留めなかった」

何も分かってあげられていなかった……と悲しげに呟き、キーファはがっくりと肩を落とした。

キーファは本気で母を愛していたのだろう。だから、三十近くになった今でも浮いた話がないのだ。そして母もキーファを愛していた。

母のことを想って落ち込むキーファを見て、彼も一人の男なのだと初めて気がついた。レイリアとウィルフレッドの兄ではなく、誰かを愛するただの男なのだ。

ウィルフレッドは静かに問う。

「母さんの最後のこと、本当に知りたいか？」

キーファは「知りたい」と力強く答えた。

苦しげな彼の瞳を真っすぐに見つめ、ウィルフレッドは当時のことを初めて口にする。

「花柄のスカーフをドアノブに括《くく》りつけて、それで首を吊ったんだ。あれってお前が母さんに贈ったものだろう？　母さんがあのスカーフを特別に大切にしているのは分かっていたから、浮気相手からの贈り物だと思ったんだ。……母さんは多分、二度とキーファに会えないと思って絶望して……自ら命を絶ったんだろうな」

最後のはウィルフレッドの憶測でしかない。

それでも、キーファと一緒にいる時の明るい笑顔の母と、キーファと会えなくなって急速にやつれていった母を思い出すと、あながち間違いではないような気がする。

「俺は……彼女を不幸にしただけだったな」

ぽつりとキーファが言った。ウィルフレッドはかける言葉が見つからず、ただじっとキーファを見つめた。

その後、キーファはすべてを話してくれた。

あの宝石を持っていればウィルフレッドと結婚できるとハンナが思い込んでいたのは、やはり、求婚石の言い伝えを信じ込ませたかららしい。

その言い伝えとは、東の果ての国に伝わるものだ。意中の相手に求婚石を渡すと結婚できる、もしくは意中の相手の求婚石を手に入れるとその人と結婚できるというものである。

ウィルフレッドがその風習に倣って宝石を買ったと伝えたらしい。

だからハンナは、ウィルフレッドの求婚石を手に入れた自分がウィルフレッドと結婚できる、と勘違いしていたのだ。

その他のことは、こういうことだった。

「ウィルが宝石を購入したと聞いてから、ウィルが取るであろう行動を推測したんだ。パーティー当日にシルヴェストリ伯爵が宝石を披露するという情報と警備員を増員するという情報を摑んだから、きっとウィルはリアに渡す宝石をひとまず宝物庫に置くだろうと思った。大切な宝石だからこそ、部屋に置きっぱなしにはしないだろうし、パーティーが終わる頃にリアを連れ出して渡すはずだから、その間は安全な場所に置いておくだろうとね。そして、すぐに持ち出せるように手前に置く。それらを言い当ててみせて、結果、そのとおりだった」

キーファの説明に、ウィルフレッドは顔を顰めた。

乳がでかいだけの単純なあの女なら信じてしまっても仕方がないだろう。

さすがキーファだとしか言えない。それだけ彼がウィルフレッドのことを理解してくれているということだが、素直には喜べなかった。

「俺が肌身離さず身につけていたかもしれないだろう」

そう返すと、キーファは確信を込めて首を振った。

「ないな。求婚するためのものなら箱に入れて渡すだろうと分かっていたんだ。だとしたら、ポケットには入れられない」

「じゃあ、睡眠薬は？　新しいものを用意せず、なんで俺のを使ったんだ？」

「睡眠薬は、使う使わないは彼らに任せていたからだよ。他に方法があるならそれで良かった。だから情報だけを与えて、作戦は彼らが立てた。俺はとにかく、何か騒ぎを起こしてくれればそれで良かったんだ。彼らの計画が失敗しても構わなかった」

誰にも見つからずに日記を見つけられればそれで良かった、とキーファは言う。やはり、レイリアが目撃したフロックコートの男はキーファだったのだ。彼は隣国には行っていなかった。

けれど結局、キーファは日記を見つけられず、レイリアが隠し場所を言い当てた。

「宝石は初めから俺のもとに戻すつもりで、キーファは俺に、ハンナと警備員をあやしませるようなことを言ったんだな？」

「あからさまだったか？」

「いや……もっと早く気づくべきだった。で、日記にはどんなことが書かれていたんだ？」

ウィルフレッドが問うと、キーファは肩を竦めた。

「……それが、何も書かれていなかった。さっきウィルが言ったように、探させることが目的だったんだろうな」

キーファは自嘲気味に笑い、ウィルフレッドの顔を真正面からとらえた。

「すべて明らかになった今だから言うけど、お前の面差しが日に日に彼女に似てきて……

複雑な気分だったよ」

　哀しそうに、でも嬉しさも滲ませた顔で、キーファは笑った。

　話を終えたウィルフレッドは、部屋の扉を開ける直前、振り返って言った。

「このことは俺たちだけの秘密にしよう。でも、あの女がリアに手を出すことを分かっていながら放っておいたのは許せないから、お前の商売の邪魔をしてやる」

　キーファは意外そうな顔をして首を傾げた。

「俺を憲兵に突き出さなくていいのか？」

「そんなことをしたらリアが悲しむだろ。リアが一番愛しているのは俺だけど、一番信頼しているのはキーファだからな」

　悔しいけど。とつけたし、ウィルフレッドはキーファに背を向けた。

　一瞬、照れたような困ったような複雑な表情が見えた気がするが、ウィルフレッドは振り返ることなくジョアンビル家を後にした。


　シルヴェストリ家に戻ったウィルフレッドは、自室へは向かわず、真っすぐに彫像の庭へ向かった。

　庭を見渡すように一番高い場所に置いてある獅子《しし》の像まで来ると、立派な鬣《たてがみ》に手を滑らせる。

「ウィル、見つけた」

不意に、背後から声をかけられた。

「なぜここだと分かった？」

言いながら振り返ると、満面に笑みを浮かべたレイリアが立っていた。見つけたと言うわりに、彼女がウィルフレッドを捜し回った様子はない。

「机に置いてあったウィルの絵を見て、ここだと思ったのよ。なんとなくウィルの絵の法則も分かってきたわ」

得意気なその顔は、褒めてと言わんばかりだ。

「リアなら分かってくれると思っていた」

彼女につられてウィルフレッドも笑みを浮かべ、華奢なその体を腕の中に閉じ込めた。

ウィルフレッドは、宝石を取り戻してレイリアに求婚した時に覚悟したことがある。

母は父の束縛に耐えきれず、キーファを想って絶望のなか自殺をした。

自分の中にどす黒い感情があることをウィルフレッドは自覚している。きっと自分も、父が母にしたのと同じようにレイリアを束縛してしまうだろう。それが分かっていた。

自分のせいでレイリアが追い詰められ、壊れてしまうかもしれない。その懸念のせいで不眠症になり、レイリアを失う未来に絶望した。

けれど求婚した時に決意した。

万が一レイリアが壊れてしまう未来でも、自分はそちらを選ぶと。

レイリアが自分以外の人間を選び幸せになる未来なんて、想像するだけで吐き気がする。

たとえ不幸になろうとも、ウィルフレッドは決してレイリアを放さない。どこにも行かせない。死なせてもやらない。

だからずっと離れないと言った。それは何があっても放してはやらないということだ。

本心を隠し、レイリアが頷きやすい言葉を使ったウィルフレッドはずるい男だろう。

「リア、この先何があっても俺よりも先に死ぬなよ」

耳元で懇願すると、レイリアはしっかりと頷いてくれた。

「死ぬつもりはないわよ」

力強い返答に、ウィルフレッドはレイリアの体を抱き締める腕に力を込めた。

途端に、レイリアからきゅるる～と腹の虫が聞こえた。思わず体を離すと、彼女は恥ずかしそうに頬を染める。

「い、今のは……その……」

慌てるレイリアの手を握り、ウィルフレッドは厨房へ向かった。

「今の時間ならブノワがいるだろ。何か作ってもらおう」

昨日の朝、突然食欲が減退したレイリアを心配してはいたが、欲望をぶつけることに夢中になって昼も夜もきちんと食事を与えていなかったことを思い出す。

しかも今朝も一緒に食事をとっていない。彼女の食欲がないと、病気なのではという不安に襲われるので、たくさん食べるところが見たい。

「でも、私、あまり食べられないから……」

引っ張られて小走りになっているレイリアが、ウィルフレッドの心臓が止まりそうなことを言った。

ウィルフレッドは足を止めて勢いよく振り返る。そしてレイリアの全身を慎重に眺めた。

「やっぱりお前……深刻な病気なんじゃないのか？」

真剣に問えば、レイリアはぷっと吹き出した。

「ウィルのほうが死にそうな顔をしているわ。……違うの。私、ウィルが笑われないようにって思って……」

彼女らしくなく、言葉尻が弱くなる。

ウィルフレッドは眉を寄せた。

「理由を洗いざらい全部話せ」

強い口調で命令すると、レイリアはもじもじしながら上目遣いでウィルフレッドを見た。

「私、大食いでしょ。大食漢のお嫁さんなんて、ウィルの家計が圧迫されるし……それに、大食いの嫁をもらったなんて言われたら恥ずかしいでしょう？　ウィルが笑われるくらいなら、私、小食になろうと決意を……」

「誰がそんなことを言った？」

レイリアの言葉を遮り、ウィルフレッドは低く問う。レイリアは「誰がとかじゃなくて……一般論？」ととぼけるので、後で、彼女に何かを吹き込んだであろう人間を特定してやろうと心に決める。

ウィルフレッドはレイリアの両肩をがっちりと摑み、彼女の顔を覗き込んだ。

「リア、いいか、好きなだけ食え。俺はお前に財産を食い尽くされるほど甲斐性《かいしょう》なしではないし、誰が何と言おうと、たとえ笑われようと、俺がお前の食ってる姿が好きだから、俺のためにいっぱい食って欲しい」

「本当に食べていいの？　恥ずかしくない？」

な？　とレイリアの瞳に問いかければ、彼女は探るようにウィルフレッドを見つめてきた。

レイリアがウィルフレッドのことを考えてくれたのは嬉しいが、彼女が我慢することこそ我慢ならない。

大きく頷いてみせると、レイリアは花が咲いたような明るい笑顔になった。

「分かったわ！　ウィルのためにたくさん食べる。料理長の作るごちそうは最高においしいから、残すのは申し訳ないしね。実は結構つらかったの」

嬉しそうに「残さず食べるから！」と意気込むレイリアを腕の中に囲い、ウィルフレッドはこほんっと咳払いをする。

「ごちそうと言えば、リアの姉たちが言っていた世界一のごちそう……じゃなくて、世界一素敵なものは何のことか分かったか？」

レイリアはきょとんとした。しかしすぐに思案顔になり、「もしかして、だけど……」と自信なさげに切り出す。

「ウィルのこと？」

「ああ。そういう意味だ。あの人たちの考えそうなことだろう？」

レイリアが世界一のごちそうを求めて駆けて来たあの時、ウィルフレッドはレイリアの姉たちから送られたサインを見てそう受け取った。

ウィルフレッドの言葉に、レイリアは納得したように頷いた。

「そうね。お姉ちゃんたちらしいわ……」

彼女たちはきっと、伯爵家の嫡男である自分と結婚できれば、レイリアは将来食いっぱぐれることがないだろうと思ったに違いない。それで、無理やりくっつけようと考えたのだろう。

正直、レイリアの姉たちのことを思い出すと苦い気分になるが、彼女たちには感謝しなければならない。

「まあ、〝世界一のごちそう〟でも間違っていないけどな……。俺のために食べるのを我慢してくれたんだろう？　俺とごちそうは同等ってわけだ」

にやりと笑ってウィルフレッドが言えば、レイリアは頬を赤く染めた。

ウィルフレッドは可愛い反応をするレイリアにちゅっと軽く口づける。

「俺にとってもレイリアは世界一のごちそうなんだから、俺からお前を奪うことは、たとえお前でも許さない」

「勝手ね」

レイリアは笑ったが、それがウィルフレッドの本音だった。

たとえ逃げ出したくなっても、もう遅い。

——俺が死ぬ時までは、絶対に解放してやらないからな。

心の中で、父の言葉と同じことを思う。

やはりウィルフレッドは彼の子どもなのだ。どんなに嫌だと思っても、ふとした瞬間に同じことを考えてしまう。

けれど父と自分の違いも自覚している。

それは、レイリアが母とは違う人間ということだ。

愛した女性が、真正面から自分にぶつかってきてくれる。レイリアは母のように逃げたりはしない。あの時『受けて立つ』と言ってくれたレイリアだから、ウィルフレッドの心は穏やかでいられるのだ。

――俺は、レイリアを幸せにするんだ。

不幸にしてしまうのでは……ということばかりに気を取られていたが、壊れない未来を望んでもいいのではないかと、レイリアの笑顔を見て思った。

それこそが難しいのだと心のどこかにある不安は消えない。けれど、レイリアと一緒ならできそうな気がした。

……するしかない。

だって、もし不幸にしてしまったとしても……放してはやれないから。

「とりあえずは、食で幸せにするか」

呟き、ウィルフレッドはレイリアの輝くような笑顔を見るために、彼女の手を引いて食堂へ向かう。

その途中、ウィルフレッドはふと足を止め、素直に手を引かれているレイリアを振り返った。

「リア、あ〜ん」

いつもの呪文を唱えれば、すぐにレイリアの口が開いたので、そこに飴を放り込む。

「……酸っぱい！」

涙目になったレイリアがウィルフレッドを睨んできた。

幸せな笑顔も好きだが、つらそうなこの顔も好きだ。

レイリアには笑っていて欲しいが、泣き顔も見たいのだ。複雑な男心である。

ウィルフレッドはそのどちらも堪能《たんのう》しようと、今度は甘い飴をポケットから取り出したのだった。

あとがき

こんにちは、水月青《みづきあお》と申します。この度は『世界で一番危険なごちそう』をお手に取ってくださり、誠にありがとうございます。

今回は、好きな子をいじめてしまうヒーローと、大食いヒロインのお話です。

このお話は、担当様の「次はミステリー風にしてもいいですよ」というお言葉から考えたものです。調子に乗って「何人殺していいですか？」と訊いてしまいましたが、コメディなので人殺しはダメですよね。はい。というわけで、殺人ではなく宝石泥棒捜しのお話になりました。「恋愛小説なのに、恋愛要素が足りません」とご指摘を受けるほど、恋愛以外をいろいろ詰め込んでしまいました。書きながら、このままウィルフレッドの片想いで終わるのでは……と思ったこともありましたが、無事にラブラブになって良かったです。ラブラブ……ですよね？

弓削《ゆげ》リカコ様のイラストのおかげで、とてもイケメンなヒーローとすごく可愛いヒロインとなっておりますが、私の中ではガキ大将と大食いリスのイメージでしたので、ラフをいただいた時はあまりの美麗さに何度も何度も眺めてはうっとりとしていました。弓削様、お忙しい中素晴らしいイラストを描いてくださってありがとうございます。

表紙だけ見ると可愛らしく健全な小説に見えるので、間違って手にした方は申し訳ございません。これをきっかけにソーニャ文庫に興味を持っていただけると嬉しいです。


担当様、いつも素晴らしい案を出してくださってありがとうございます。毎回、最後の最後まで頼り切ってしまい申し訳ございません。担当様には、「お任せします」という言葉を何度も使ってしまうので、その言葉は封印したいと思います。あと十数年後くらいに。

ＫＭＭ様。支えになってくれてありがとうございます。温かいお心遣いに感謝しております。

最後になりましたが、弓削様、担当様、デザイナー様、校正者様、営業の皆様、印刷所の皆様、書店の皆様、その他にもこの本に関わってくださったすべての方に、厚く御礼申し上げます。

そして、この本を手に取ってくださったあなた様に、心より感謝申し上げます。

水月　青

Sonya
ソーニャ文庫

この本を読んでのご意見・ご感想をお待ちしております。

◆ あて先 ◆

〒101-0051
東京都千代田区神田神保町2-4-7 久月神田ビル7階
㈱イースト・プレス　ソーニャ文庫編集部
水月青先生／弓削リカコ先生

世界《せかい》で一番危険《いちばんきけん》なごちそう

2016年4月5日　第1刷発行

著　　者　水月青《みづきあお》
イラスト　弓削《ゆげ》リカコ
装　　丁　imagejack.inc
D T P　松井和彌
編集・発行人　安本千恵子
発 行 所　株式会社イースト・プレス
〒101-0051
東京都千代田区神田神保町2-4-7 久月神田ビル8階
TEL 03-5213-4700　　FAX 03-5213-4701
印 刷 所　中央精版印刷株式会社

ISBN 978-4-7816-9575-4